아홉 살에 처음 만나는

21p 마크 저커버그 사진 출처 : flickr
53p 스티븐 스필버그 사진 : ⓒGeorges Biard
71p 아인슈타인 사진 출처 : flickr
125p 래리 페이지 사진 출처 : Wikimedia Commons

아홉 살에 처음 만나는

탈무드

초판　1쇄 인쇄일 ｜ 2023년 5월 1일　　초판　1쇄 발행일 ｜ 2023년 5월 5일

지은이　｜ 이미영
일러스트　｜ 김민정
펴낸이　｜ 강창용
기획편집　｜ 신선숙
디 자 인　｜ 가혜순
책임영업　｜ 최대현

펴낸곳　｜ 하늘을 나는 코끼리
출판등록　｜ 1998년 5월 16일 제10-1588
주 소　｜ 경기도 고양시 일산동구 중앙로 1233(현대타운빌) 302호
전 화　｜ (代)031-932-7474
팩 스　｜ 031-932-5962
이메일　｜ feelbooks@naver.com
포스트　｜ http://post. naver.com/feelbooksplus

ISBN 979-11-6195-209-3　03890

* 책값은 뒤표지에 있습니다.　　* 잘못된 책은 구입처에서 교환해 드립니다.

품명 아동도서　제조년월 2023년 5월 1일
사용연령 8세 이상　제조자명 하늘을 나는 코끼리
제조국 대한민국　연락처 031-932-7474
주소 경기도 고양시 일산동구 중앙로 1233 현대타운빌 302호
주의사항 종이에 베이거나 긁히지 않도록 조심하세요.
책 모서리가 날카로우니 던지거나 떨어뜨리지 마세요.
KC마크는 이 제품이 공통안전기준에 적합하였음을 의미합니다.

 하늘을 나는 코끼리는 느낌이있는책의 어린이책 브랜드입니다.

아홉 살에 처음 만나는

탈무드

이미영 지음 | 김민정 그림

친구들은 인류 발전에 큰 도움을 준 사람들에게 주는 '노벨 상'을 알고 있을 거예요. 그래서 말인데요, 노벨상을 받은 사람 중, 절반에 가까운 사람들이 유대인이란 사실을 알고 있나요?

유대인들은 고통의 민족이었답니다. 나라를 잃은 뒤, 2천 년 동안 전 세계를 떠돌며 살았거든요. 하지만 유대인들은 고향인 이스라엘을 잊지 않았답니다. 사람들의 핍박을 견뎌 내면서도 이스라엘의 언어와 전통을 이어 나갔지요. 그리고 1948년에 드디어 잃어버린 옛 땅을 찾아 다시 이스라엘을 세웠습니다.

여기서 궁금한 질문이 생길 거예요. 유대인들은 고난과 핍
박을 어떻게 견뎌냈을까, 하는 궁금증이요.

　유대인들에게는《성서》와 함께 중요한 책 한 권이 있습니다.
바로《탈무드》란 책인데요. 유대인들은 오랜 세월 동안《탈무
드》란 책을 손에서 놓지 않았다고 합니다.《탈무드》는 '유대인
의 영혼'이라 할 만큼 중요한 책이기 때문이지요. 2천 년이란
세월 동안 유대인들은 흩어져 살았지만 그들은《성경》과 함께
《탈무드》를 읽으며 하나로 뭉쳤다는 이야기지요.

《탈무드》란 말은 '위대한 연구' 혹은 '위대한 학문'이란 뜻을 가지고 있다고 합니다. 단순한 이야기책이 아니란 말인데요. 그래서 유대인들은 '지혜의 보물창고'라 할 수 있는 탈무드를 《토라(성경 속 모세오경)》 다음으로 중요하게 생각한다고 합니다. 《탈무드》란 책 속에서 우리가 미처 깨닫지 못한, 인생의 지혜를 배운다는 이야기지요.

유대인들에게 있어서 공부는 인생 최대의 목적이라고 합니다. 또 유대 속담에는 '공부는 올바른 행동을 믿는다.'란 말도 있는데요. 유대인들은 끊임없이 공부하면서도 《탈무드》란 책은 손에서 놓지 않았습니다.

그렇다면 《탈무드》란 책은 과연 어떤 이야기를 담고 있을까
요?

　《탈무드》란 책은 본래 한 권이 아니라 스무 권이나 되는 책
입니다. 물론 책 속 이야기도 어렵지요. 하지만 우리 친구들
이 읽을 내용은 쉽기도 하지만 재미와 교훈이 담겨 있는데요.

　이제 《탈무드》란 책은 유대인들만이 읽는 책이 아닌 전 세계
사람들이 읽는 책이 되었기에 우리 친구들도 책을 읽으면서
지혜의 바다에 빠질 수 있는 귀한 시간이 되길 소망합니다.

저자 이미영

탈무드, 어떻게 읽으면 도움이 될까요?

1 책 속에는 총 스무 개의 이야기가 담겨 있습니다. 이야기는 짧고 재미있어 쉽게 읽을 수 있는데요. 아무리 짧은 글이라도 정독을 하는 습관을 길러야 합니다. 정독(精讀)이란, 책의 내용을 대충 읽는 것이 아닌 책이 말하고자 하는 내용을 구체적으로 생각하며 읽는 것을 말합니다.

① 앞뒤 문장에서 문장이 뜻하는 바가 무엇인가 생각하며 읽습니다.

② 모르는 단어가 나오면 반드시 사전을 찾아 뜻을 알고 넘어가야 합니다.

③ 기억에 남는 이야기가 있다면 부모님 혹은 친구와 이야기를 함께 나누도록 합니다.

2 이야기를 다 읽고 난 뒤에는 〈책 속 이야기 확인하기〉를 반드시 쓰도록 합니다. 책 속 이야기를 다시 확인하면서 독

자는 중심 내용을 알 수 있는데요. '중심 내용'이란 하나의 문단이나 글에서 중심이 되는 내용을 말합니다. 즉 글을 쓴 사람이 말하고자 하는 가장 중요한 이야기지요.

① 이야기를 읽고 나서도 이해가 되지 않는다면 한 번 더 읽도록 해요.

② 중요한 이야기라고 생각이 된다면 연필로 줄을 쳐도 좋습니다.

③ 처음에는 문장 한 줄을 쓰는 것도 힘이 들 거예요. 하지만 처음에 한 줄을 쓰고 난 뒤에는 나도 모르게 두 줄이 되고, 세 줄이 되는 문장을 쓸 수 있답니다. 어떻게 하냐고요?

'틀려도 괜찮아!' 하는 생각을 갖고 써 보는 거예요.

처음부터 잘 쓰는 사람은 아무도 없거든요.

선생님, 책 읽기가 너무 싫은데 어떡하면 좋지요?

① 걱정하지 마세요. 책이 뭐라고요!

선생님도 책과 친해지기까지 오랜 시간이 걸렸거든요. 책은 그냥 책일 뿐이거든요. 물론 독후감을 쓰거나 혹은 숙제를 위해 읽는 경우가 있어요. 그런데요, 걱정이 많을수록 걱정이 쌓이는 거 알지요? 우선은 책에 대한 부담을 버리세요.

② 재미없는 책은 책장을 덮으세요!

아무리 읽어도 눈에 들어오지 않는 책이 있어요. 그럴 때 친구들은 어떻게 하나요? 선생님이 말했잖아요. 책에 대한 부담감을 버리라니까요. 그냥 책장을 덮으세요. 왜냐면 세상에는 재밌는 책이 그야말로 어마무시하게 많거든요.

한 마디로 재미없는 책을 읽느라 고생하지 마세요. 대신 재미있

다고 생각되는 책이 있다면 관련된 다른 도서를 찾아 읽어 보세요. 처음 알게 된 지식이 두 배, 세 배로 늘 수 있거든요.

③ 한 권을 끝까지 읽었다면 친구들 혹은 가족들과 이야기를 해 보세요. 이야기를 나누다 보면 책 속 중요 사건 혹은 줄거리를 다시 기억할 수 있거든요.

또 책 이야기를 들은 친구 혹은 가족들은 질문을 할 거예요. 그럴 때는 자신 있게 말해보세요. 혹 모르는 부분이 있다면 책을 한 번 다시 보는 것도 좋은 방법이에요. 그러다 보면 나도 모르게 책을 읽는 즐거움을 느끼게 될 거예요.

차례

형제, 혹은 자매가
미웠던 적이 있나요?

– 형제의 사랑

한 형제가 있었습니다. 이들 형제는 우애가 좋아 마을에서도

소문이 자자했지요. 그런데 어머님이 돌아가시면서 문제가 생

겼습니다. 다름 아닌 어머니가 남긴 재산 때문이었어요. 형제는 남겨진 재산을 조금이라도 더 가지기 위해 다툼을 했습니다. 그 전의 우애 좋은 모습은 찾아볼 수 없었습니다. 결국 형제는 재산 문제를 해결하기 위해 평소 어머니가 존경했던 랍비를 찾아갔습니다.

"무슨 일로 찾아오셨나요?"

랍비*가 정중히 물었습니다.

"어머니가 돌아가시며 재산을 남기셨습니다. 그런데 동생이 재산을 **탐하고*** 있습니다."

* **랍비**: '나의 선생님', '나의 주인님'이라는 뜻.
* **탐하다**: 지나치게 욕심을 부리다.

형은 동생을 보며 말했습니다.

"무슨 소리? 나보다 형이 더 재산을 탐했잖아요!"

동생도 가만있지 않았습니다. 형제의 다툼을 말없이 지켜보던 랍비가 다음과 같은 이야기를 들려주었습니다.

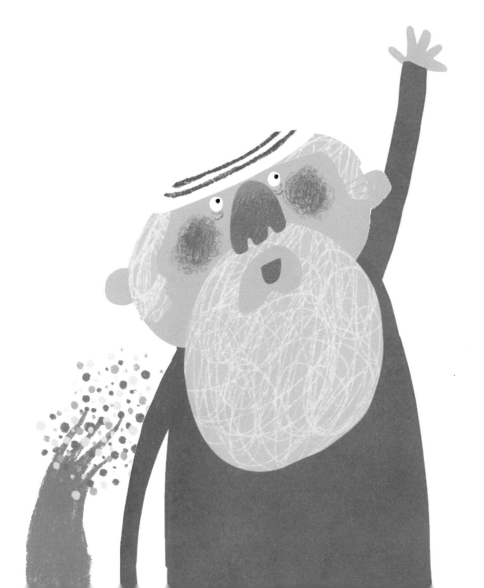

한 마을에 우애가 좋은 형제가 살았습니다. 형은 결혼해서 아내와 아이가 둘 있었고, 동생은 결혼하지 않았지요.

그러던 중 어머니가 돌아가셨습니다. 형제는 어머니가 남긴 재산을 사이좋게 나눠 가졌습니다. 그러고는 다시 농사를 열심히 지었지요.

하루는 동생이 생각했습니다.

'나는 혼자여서 먹고 살 걱정이 없지만……, 형은 아내도 있고 자식들도 있으니 많이 힘들 거야.'

그때 형도 동생을 생각하고 있었습니다.

'나야 늙으면 자식들이 먹여 살려 주겠지만 동생은 혼자니 힘들 거야.'

두 형제는 각자 열심히 농사를 지어 **수확***한 농작물을 마차에 실었습니다. 그러고는 밤에 몰래 형은 동생의 창고에, 동생은 형의 창고에 농작물을 갖다 놓았습니다.

다음날 창고에 간 형제는 깜짝 놀랐습니다. 농작물이 비어있어야 하는데 그대로였기 때문이지요.

형제는 그날 밤, 다시 밤길을 걸었습니다. 첫째 날 밤과 마찬가지로

~~~~~~~~~~~~~~~~~~~~~~~~~~~~~~~~~

* **수확**: 익은 농작물을 거두어들임.

형은 동생의 창고에, 동생은 형의 창고에 농작물을 갖다 놓았지요.
하지만 하루, 이틀 그리고 삼 일이 지난 후에도 농작물의 양은 달라
지지 않았습니다.

"참 이상하네. 왜 농작물이 줄어들지 않을까?"

나흘째 밤이 되었을 때 형은 고개를 갸웃하며 **농작물***을 마차에
실었습니다. 그리고 힘들게 동생네 집을 향해 가던 중 한 농부와 마
주쳤습니다.

"이 밤에 어딜 가십니까?"

어둠 속에서 마차를 힘겹게 끌고 오던 농부는 다름 아닌 동생이었
습니다.

"너야말로 밤에 어디를 가느냐?"

형은 눈을 휘둥그레 뜨고는 동생을 바라보았습니다. 그리고 두 사
람은 보았습니다. 각각의 마차에 실려 있는 농작물을요. 어느새 동생
의 눈에서 뜨거운 눈물이 흐르고 있었습니다. 형도 가만있지 않았습
니다. 농작물을 내팽개치고는 동생을 끌어안으며 울었습니다.

~~~~~~~~~~

* **농작물**: 논밭에 심어 가꾸는 곡식이나 채소.

랍비의 이야기를 다 들은 형제는 말없이 서로를 바라보았습니다. 이미 두 형제의 눈에는 눈물이 가득했지요. 그리고 집으로 가기 위해 문을 나설 때, 형제는 랍비를 향해 허리 굽혀 인사를 하며 말했습니다.

"랍비님은 저희 형제를 살리셨습니다. 감사합니다."

책 속 이야기 확인하기

1 형제는 랍비가 들려준 또 다른 형제의 이야기를 듣고 눈물을 흘렸습니다. 형제가 눈물을 흘리며 랍비에게 감사 인사를 한 이유는 무엇 때문일까요?

2 내가 생각하는 진정한 형제는 어떤 모습인가요? 내 생각을 자유롭게 써 보세요.

※ 글을 잘 쓰고 싶다면 무작정 써야 합니다. 무작정이란 말은 부담감을 갖지 말고 쓰란 이야기랍니다. '이렇게 쓰면 이상하겠지? 이렇게 쓰면 별로일 거야.'와 같은 생각을 가지만 안 된답니다. 한 줄, 두 줄 이렇게 쓰다 보면 나도 모르게 자신감이 붙거든요. 물론 이 글을 쓴 저 또한 그렇게 글을 쓰고 있답니다!

탈무드와 함께 한 유대인,
마크 저커버그

친구들은 SNS(Social networking service) 뜻을 알고 있나요? SNS란 공통된 관심이나 활동을 함께하는 사람들을 묶어주는 온라인 서비스를 말하는데요, 페이스북(Facebook)을 만든 마크 저커버그는 SNS 선두주자라 할 수 있습니다.

1984년 미국 뉴욕 유대인 가정에서 태어난 저커버그는 어렸을 때부터 아주 공부를 잘했다고 합니다. 한 번은 11살 때 컴퓨터를 선물 받았는데요. 혼자 어려운 컴퓨터 공부를 한 뒤 16살이 되었을 때는 로마 시대를 배경으로 한 게임을 만들기도 했답니다.

그 뒤, 마크 저커버그는 2002년 하버드 대학교에서 페이스북 서비스를 시작했답니다. 반응은 폭발적이었습니다. 그래서 저커버그는 과감히 하버드대학교를 중퇴하고 회사를 스스로 차린 뒤, 이메일 주소를 가진 사람이면 누구든 가입할 수 있는 세계에서 가장 큰 소셜미디어(SNS) 페이스북을 만들었답니다.

사랑하고
아낄 수밖에 없는 친구

- 아이를 지킨 개

"다녀올게!"

작은 소년이 덩치 큰 개를 향해 손을 흔들며 가족들과 함께 집을 나갔습니다. 오늘은 가족 모두가 모여 친척 집에 가는 날이거든요.

혼자 남은 개는 넓은 방과 거실 등을 천천히 돌아다니며 집을 지켰습니다. 그런데 주방에 갔을 때였습니다. 커다란 우유통 위에 독사가 앉아 있지 뭐예요! 개는 너무 놀라 꼼짝도할 수 없었습니다. 큰 소리로 짖었다가는 독사가 우유 통에 빠질

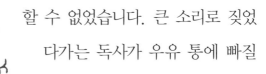

지도 모른다는 생각이 들었기 때문이지요. 독사는 우유 통 주위를 아슬아슬하게 돌아다녔습니다. 그때마다 개는 입속 침이 말라 숨이 넘어갈 것만 같았습니다.

'아, 저 녀석을 어떻게 끌어내릴 수 있을까.'

생각도 찰나, 독사는 기다렸다는 듯 우유 통 안으로 빠지고 말았습니다.

해가 천천히 기울 무렵, 가족 모두가 집으로 돌아왔습니다. 평소 개를 가장 사랑하는 소년의 웃음소리도 담장 너머 들려왔지요.

"나 왔어!"

소년은 들어오자마자 개의 목을 끌어안으며 얼굴을 비볐습니다. 그리고는 우유 통 앞으로 다가갔습니다. 한참을 뛰며 돌아다녀 목이 말랐거든요.

그때였습니다. 우유 통 곁으로 다가오는 소년을 향해 개가 무섭게 짖기 시작했습니다. 가족들은 깜짝 놀라기도 했지만 영문을 알 수 없어 고개를 갸웃거렸습니다.

"왜 그러니?"

소년이 걱정스러운 얼굴로 개에게 다가갔습니다. 그러자 이번에는 개가 우유 통 곁으로 달려가서는 더 소란스럽게 짖었습니다.

"배가 고파서 그런 거니?"

"왜, 같이 놀아 달라고?"

"아님, 산책하러 나갈까?"

가족 모두 한마디씩 하며 개를 에워쌌습니다. 그 사이, 소년은 우유 통 앞으로 다가가 컵을 들었습니다.

순간 개는 풀쩍 뛰어 소년 앞에 있던 우유 통을 바닥으로 떨어뜨렸습니다. 우유 통은 큰 소리를 내며 바닥에 내동댕이쳐졌습니다. 우유 통에 가득 차 있던 우유도 함께 쏟아지면서요. 다시 한번 가족 모두가 놀라 입을 다물 수가 없었습니다.

"대체 왜 그러니?"

"종일 혼자 있어 심통 난 거야?"

"그래도 그렇지, 우유 통을 깨부수는 건 심하잖아!"

이번에는 개를 향한 원망스러운 말들이 쏟아졌습니다. 소년도 개를 이해할 수 없었습니다.

조금 뒤, 개는 소년을 한 번 올려다보고는 바닥에 쏟아진 우

유를 핥아 먹었습니다. 그리고 얼마 뒤, 개는 바닥에 힘없이 쓰러져 죽고 말았습니다.

소년은 얼굴이 새파랗게 질려 개에게 달려갔습니다.

"일어나! 무슨 일이야?"

소년이 울부짖는 사이 큰 누나가 소리쳤습니다.

"엄마! 이것 좀 보세요!"

놀란 어머니는 우유 통 속에 빠진 독사를 발견했습니다.

"세상에……, 우유에 독이 있어 그랬구나."

그제야 가족들은 개가 무섭게 짖은 이유를 알게 되었습니다.

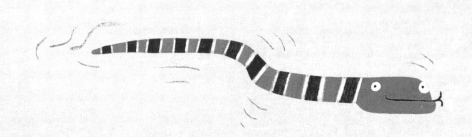

책 속 이야기 확인하기

1 외출을 다녀온 소년이 우유를 먹으려 하자 개가 우유를 먹지 못하게
하였습니다. 왜 그랬는지 이유를 써 보세요.

---

2 사람과 동물이 관련된 이야기를 아시나요? 알고 있다면 한 가지만 떠
올린 뒤 자유롭게 써 보세요.

※ 내가 겪은 일도 좋고, 책에서 본 내용도 좋아요. 아니면 텔레비전에서 본 이야기도 괜
찮습니다.

이스라엘은 어떤 나라인가요?

이스라엘은 지중해 연안에 있으며 수도는 예루살렘입니다. 그리고 국민 대부분은 유대인이며 언어는 히브리어와 아랍어를 주로 씁니다. 종교는 유대교(80.1%)가 제일 많고 다음은 이슬람교(14.6%)와 기독교(2.1%) 순입니다. 국토는 대부분 사막이며 주로 농업과 공업이 발달했습니다. 유대민족은 고대 이스라엘왕국이 멸망되자 전 세계로 흩어져 살다가 1948년 5월 14일에 다시 이스라엘을 세웠습니다.

* **유대인**: 팔레스타인을 고향으로 삼은 아람 족의 일부.
* **이슬람교**: 마호메트를 만든 종교. 알라를 믿으며 세계 3대 종교의 하나.
* **기독교**: 예수 그리스도의 인격과 교훈을 중심으로 하는 종교.

정직만큼
큰 재산은 없다
- 당나귀와 다이아몬드

한 마을에 나무꾼이 살았습니다. 나무꾼은 날마다 산에 올라 나무를 해왔지요. 그러고는 지게에 나무를 실어 **장터***에 내다 팔았습니다.

"휴⋯⋯, 어느 세월에 장터에 또 다녀오려나."

깊은 산에서 나무를 베어 오는 일도 힘들었지만, 장터에 내다 파는 일도 힘들었습니다. 우선은 장터까지의 거리가 멀었

---

* **장터**: 장이 서는 곳.

고, 지게는 툭하면 망가졌습니다. 보다 못한 사람들도 나무꾼에게 한 마디씩 말했습니다.

"이보게, 장터까지 가려면 반나절을 걸어야 하는데 너무 힘들지 않나?"

"오늘은 어제보다 나무가 더 많군. 지게가 얼마나 버틸지 모르겠어."

"그러지 말고 당나귀를 한 마리 사는 게 어떻겠나?"

당나귀라는 말에 나무꾼의 귀가 활짝 열렸습니다. 안 그래도 당나귀를 생각하고 있던 참이었거든요. 나무꾼은 그동안 모아 두었던 쌈짓돈을 가지고 장터로 갔습니다.

장터는 사람들로 붐볐습니다. 물건을 팔기 위해 소리치는 사람들, 장터 안을 뛰어다니는 아이들, 상인들과 물건값을 흥정하는 사람들까지 정신이 하나도 없었지요. 나무꾼은 기분이 좋았습니다. 오늘은 나무를 파는 것이 아닌, 당나귀를 사기 위해 나왔기 때문이지요.

장터에 온 지 한 시간 만에 나무꾼은 마음에 드는 당나귀를 발견했습니다. 당나귀도 나무꾼이 마음에 드는 모양이었습니다. 당나귀를 끌고 가는 내내 한 번도 걸음을 멈추거나 울지 않았거든요.

"이제 우리 집 식구가 되었구나. 그런데 집에 들어가기 전, 냇가에서 시원하게 씻고 가도록 하자. 오는 내내 먼지를 뒤집어써 너도나도 먼지투성이야!"

나무꾼은 당나귀와 함께 첨벙거리며 물속으로 들어갔습니다. 그러자 시원한 냇물이 발가락을 맴돌더니 곧 무릎 위까지

차올랐습니다.

"시원하지? 하하, 나도 시원하다."

나무꾼은 커다란 솔로 당나귀의 등을 쓸어내렸습니다. 그리고는 통통한 당나귀의 목을 위로 올렸습니다.

"이게 뭐지?"

갈기*에 손을 댄 순간 무엇인가 떨어져 냇물 속으로 빠졌습니다. 나무꾼은 얼른 허리를 굽혀 반짝이는 물건을 건져 올렸습니다.

"어이쿠, 이건······."

갈기에서 떨어진 것은 다름 아닌 커다란 다이아몬드였습니다. 나무꾼은 얼른 짐을 챙긴 후 다시 장터로 뛰어갔습니다. 다이아몬드를 돌려주기 위해서였지요.

"아니, 왜 다시 돌아왔소? 무엇이 잘못되었소?"

헐레벌떡 뛰어온 나무꾼을 보고 당나귀 상인이 말했습니다.

"이것 좀 보시오. 나귀 갈기에 다이아몬드가 붙어 있었소.

---

* **갈기**: 목덜미에 난 긴 털.

그래서 돌려주기 위해 왔답니다."

나무꾼이 말했습니다. 상인은 잠시 나무꾼을 본 뒤 입을 열었습니다.

"당신은 그 나귀를 샀습니다. 그리고 다이아몬드는 그 당나귀에 붙어 있었으니 다시 돌려줄 필요는 없지요."

나무꾼도 상인에게 다이아몬드를 돌려주며 말했습니다.

"그렇지 않습니다, 나는 당나귀를 샀지, 다이아몬드를 산 일은 없기 때문이오. 그렇기 때문에 나는 내가 산 물건만 갖는 것이 맞는다고 생각합니다."

1 나무꾼은 왜 나귀를 사려고 했나요?

2 그리고 나귀에서 발견한 다이아몬드를 다시 상인에게 갖다 준 이유는 무엇인가요?

3 내가 생각하는 정직한 사람은 어떤 사람인가요? 내 생각을 자유롭게 써 보세요.

※ 때론 잘 알고 있는 단어를 사전에서 찾아보는 것도 좋아요. 알고 있는 뜻을 다시 한번 되새기면 쓰고자 하는 글의 중심 내용을 정확히 잡을 수 있거든요. 어때요? 오늘은 '정직'이란 뜻을 사전에서 찾아볼까요?

어머니만이
선택할 수 있는 결정

- 아이의 친어머니

이스라엘 왕국에 솔로몬이라는 왕이 있었습니다. 솔로몬 왕은 백성들을 잘 다스리기도 했지만 지혜로운 왕으로도 소문이 자자했지요.

어느 날, 궁 안으로 두 여인이 갓난아기를 안고 왕을 찾아왔습니다. 두 여인이 데려온 갓난아기는 평온한 얼굴로 잠을 자고 있었습니다. 마치 하늘에서 내려온 천사와 같았지요.

"무슨 일로 나를 찾아왔는지 말하여라."

왕은 온화한 목소리로 두 여인을 번갈아 보며 말했습니다.

"왕이시여, 저의 딱한 이야기를 들어주소서! 다른 일이 아니라, 저기 잠들어 있는 아이는 제 아이이옵니다. 그런데 제 옆에 있는 저 여인네가 자신의 아이라며 우기고 있습니다."

머리에 푸른 보자기를 쓴 여인이 눈물을 흘리며 말했습니다.

"아닙니다! 저 여인의 말은 거짓입니다. 왕이시여! 제가 생모*입니다. 제가 낳아 길렀습니다. 그런데 어미가 아니라니요. 말도 되지 않습니다!"

이번에는 회색 보자기를 쓴 여인이 바닥에 엎드리며 울부짖었습니다.

솔로몬 왕은 고민에 빠졌습니다. 아이의 얼굴이 두 여인의 얼굴과 비슷하기도 했지만, 두 여인 모두 사실을 말하고 있는 듯 보였기 때문이지요.

며칠이 흘렀습니다. 그동안 솔로몬 왕은 두 여인을 조사했습니다. 하지만 두 여인 모두 의심스러운 점이 없었습니다.

왕은 다시 두 여인과 갓난아기를 궁으로 불렀습니다. 두 여인

* **생모**: 자기를 낳은 어머니.

의 얼굴은 슬픈 모습이

었습니다. 대신 갓난아기는 깨어

있었는데 웃는 모습이 너무도 사랑스러웠

지요. 두 여인은 왕의 심판만을 기다렸습니다. 지혜

의 왕 솔로몬이라면 정확한 판단을 내릴 것이라 확신했지요.

　"마지막으로 다시 한번 기회를 주겠다. 여기 누워 있는 갓난

아기의 어미가 아니라면 지금 궁 밖으로 조용히 나가도록 하여

라.”

　왕이 근엄한 목소리로 말했습니다. 그러나 두 여인은 꼼짝도
하지 않았습니다.

　“그렇다면 할 수 없군. 갓난아기를 내 앞으로 데려오너라.”

　포대기에 싸인 갓난아기는 곧 왕 앞에 놓였습니다.

"서로가 어미*라고 우기니 다른 방법이 없다. 지금 이 자리에서 칼로 아이를 둘로 잘라 나눠 가지도록 해야겠다."

왕의 말이 끝나자마자 궁 안에는 정적이 흘렀습니다. 신하들마저도 왕이 무슨 소리를 하고 있나 싶어 왕을 올려다봤지요. 왕은 의자에서 내려와 갓난아이에게 다가갔습니다. 그러고는 허리춤에서 칼을 꺼내 든 순간이었습니다. 회색 보자기를 쓴 여인이 왕에게 달려오며 소리쳤습니다.

"왕이시여, 부디 멈추소서! 아이를 둘로 자르시려면 차라리 아이를 저 여인에게 주소서!"

왕은 칼을 다시 허리춤에 넣으며 말했습니다.

"아이의 진짜 어미는 당신이었군. 자, 이제 아기를 안고 집으로 돌아가시오."

~~~~~~~~~

* **어미**: 어머니의 낮춤말

책 속 이야기 확인하기

1 솔로몬 왕이 아기를 둘로 나누라고 말한 이유는 무엇일까요?

....

....

2 내가 왕이라면 어떤 방법으로 친모를 가려냈을까요?

....

....

3 어머니(혹은 아버지)에게 고마움을 느꼈을 때가 언제였는지를 떠올려
보며 자유롭게 써 보세요.

※ 글을 쓰기 전, 생각풍선을 만들어 보는 것도 좋아요. 언제, 어디서, 어떤 일로 그런 생
각이 들었는지 생각하면서요.

....

....

....

....

은혜를 모르는 자의
구차한 변명

- 사자 목의 가시

　　동물의 왕, 사자에게 큰일이 생겼습니다. 다름 아닌 목에 커다란 뼈가 걸렸습니다.

　　고통은 생각보다 컸습니다. **통증***은 말할 것도 없거니와, 밥도 제대로 먹을 수 없었지요. 사자는 결국 목에 걸린 뼈다귀를 꺼내주는 동물에게 큰 상을 주겠노라고 말했습니다.

　　숲에서 많은 동물이 사자를 찾아왔습니다. 동물들은 저마다의 방법으로 목 속에 뼈를 뺄 수 있다고 **장담***했지요. 그중 유난히 목이 긴 학이 사자의 눈에 띄었습니다.

　　'저 긴 목을 사용한다면 뼈를 꺼내는 건 어렵지 않을 거야.'

42

사자의 생각을 눈치챈 학이 앞에 나와 말했습니다.

"제게 기회를 주십시오. 저는 다른 동물의 목에 걸린 뼈도 여러 번 꺼내 준 적이 있습니다."

"정말 목에 걸린 뼈를 뺄 수 있겠느냐?"

오랫동안 찡그려져 있던 사자의 얼굴이 잠시 환해졌습니다.

학은 우선 사자의 목을 크게 벌리게 하고, 머리를 사자의 컴컴한 입 속으로 쑥 넣었습니다.

"와, 학은 겁이 없구나!"

"그런데 정말 뼈를 빼낼 수 있을까?"

"만약 뼈를 빼낸다면 사자는 어떤 큰 상을 줄까?"

이 광경을 바라보던 동물들은 모두 한마디씩 했습니다. 처음에는 모두 사자의 목에 걸린 뼈를 뺄 수 있다고 소리쳤지만, 막상 덩치 큰 사자를 보니 용기가 사라졌지요. 사실은 침을 꿀꺽 삼키면서 뒷걸음질을 치고 있었습니다. 그 어떤 동물도 사자의 목에 머리를 넣을 생각은 하지 못했기 때문이지요.

---

* **통증**: 아파서 나타나는 여러 증상.
* **장담**: 확신을 두고 자신 있게 하는 말.

드디어 학은 사자 목 구멍에 걸렸던 뼈를 긴 주둥이로 꺼냈습니다. 이제 동물들은 모두 하나가 되어 박수를 쳤습니다. 학의 큰 용기에 감동하였지요.

"사자님, 이제 어떤 상을 주시겠습니까?"

학이 앞으로 나와 물었습니다.

그런데 상은커녕 사자는 버럭 화를 내며 말했습니다.

"다른 동물도 아닌 내 목구멍 속에 머리를 넣고도 살아남지 않았느냐? 위험한 순간이었음에도 불구하고 살아났음을 감사히 여겨라."

학은 그야말로 어안이 벙벙했습니다.

"사자님께서는 그럼 거짓말을 하신 겁니까?"

"뭣이, 거짓말? 네가 살아난 것이야말로 큰 상이 아니고 무엇이겠느냐!"

"……."

학은 말없이 뒤를 돌아 집으로 돌아갔습니다. 다른 동물들도 조용히 학의 뒤를 따라 사자 곁을 떠났습니다.

책 속 이야기 확인하기

1 사자가 동물들을 부른 까닭은 무엇인가요?

....

....

2 또 학에게 선물을 주지 않은 까닭은 무엇인가요?

....

....

3 내가 생각하는 용감한 사람은 어떤 사람인가요? 내 생각을 자유롭게
써 보세요.

※ 책에서 본 위인이나 영화 속 주인공 이야기도 좋습니다. 아니면 뉴스에서 본 용감한
시민 이야기도 좋고요. 그런데도 생각이 나지 않는다면 부모님과 이야기를 나누는 것도
좋은 방법이에요. 부모님은 우리보다 경험이 많으셔서 많은 것을 알고 계시거든요.

....

....

....

....

보상을 바라지 않는
아름다운 선행

- 목숨을 구한 작은 선행*

　한 마을에 작은 배를 가진 남자가 살고 있었습니다. 그는 여름이 되면 가족들과 함께 호수에서 배를 타며 낚시를 했습니다.

　여름이 끝나자 남자는 배를 보관하기 위해 배를 땅 위로 끌어올렸습니다. 그리고 배를 살펴보던 중 바닥에 생긴 작은 구멍을 하나 발견했습니다.

　"어이쿠, 바닥에 구멍이 나 있는 것도 몰랐군."

* **선행**: 착하고 어진 행동.

그는 혼잣말을 하며 구멍을 내려다보았습니다. 구멍은 생각보다 작았습니다. 유심히 보지 않았다면 찾지 못할 만큼 작았지요.

'지금 고칠까, 아니면 내년 여름 사용할 때 고칠까…….'

남자는 잠시 고민했습니다. 하지만 고민도 잠시, 그는 배를 천으로 싸 창고에 넣었습니다. 당장 배를 사용할 것도 아니었기에 급한 마음이 없었지요.

추운 겨울이 왔습니다. 남자는 페인트를 칠하는 사람을 불러 배를 맡겼습니다. 다가오는 봄에는 해바라기만큼 노란 배를 타고 싶었거든요. 페인트를 칠하러 온 남자는 묵묵히 제 일을 한 뒤 집으로 돌아갔습니다. 새로 칠한 배도 아주 멋졌지요.

따뜻한 봄이 왔습니다. 아이들은 남자를 조르기 시작했습니다.

"아빠, 호수가 얼마나 멋지게 빛나는지 몰라요. 빨리 배를 타고 노를 젓고 싶어요!"

"지금 앉아 계실 때가 아니에요. 창고에서 배를 꺼내 주세요!"

남자는 아이들이 배를 타는 것을 허락했습니다. 노를 저을
만큼 아이들에게도 배가 익숙했고, 봄 날씨가 얼마나 좋은지
남자도 기분이 좋았습니다.

"그래, 조금만 기다려라. 창고에서 곧 배를 꺼내 오마."

남자는 배를 아이들에게 건네준 뒤, 하던 일을 마무리하기
위해 집으로 돌아갔습니다.

그로부터 두 시간이 흐른 뒤 남자는 의자에서 벌떡 일어나며
소리쳤습니다.

"세상에! 배에 구멍이 뚫렸잖아!"

남자는 울부짖으며 호수로 달려갔습니다. 아이들은 노를 잘
저었지만 수영은 잘 못했지요. 그런데 이게 웬일인가
요? 두 아들은 배에서 내려 정답게 이야기하며
놀고 있었습니다.

"애들아, 별일 없었니?"

남자는 눈물이 글썽한 얼굴로 물었습니다.

"네, 아버지! 그런데 무슨 일이 있었나요?"

첫째 아들이 물었습니다.

"배에 구멍이 뚫려 있었는데 괜찮은 거니?"

다시 남자가 말했습니다.

이번에는 둘째가 대답했습니다.

"네, 아무 일도 없었어요."

남자는 안도의 한숨을 내쉬고는 배 밑바닥을 살폈습니다. 그런데 뜻밖에도 뚫려있던 구멍을 누군가 막아 놓았지 뭐예요.

'그래, 구멍을 막은 사람은 겨울에 페인트칠을 하러 온 그 남자가 분명해.'

다음 날, 남자는 귀한 선물을 준비해서 페인트공을 찾아갔습니다.

"안녕하세요. 그런데 이곳에는 무슨 일로 오셨는지요?"

페인트공은 정중히 인사를 하며 반겼습니다.

"당신은 소중한 내 두 아들을 구했소."

남자가 선물을 주며 말했습니다.

"무슨 말씀이신지……."

"당신이 지난겨울 페인트칠을 하며 구멍도 막지 않았소. 나는 구멍이 뚫려 있는 것을 알았지만 고치는 것을 미뤘다오. 그런데 당신은 내가 구멍을 고쳐 달라는 부탁도 하지 않았는데 고쳐 주었소. 당신은 구멍을 막는 일이 간단한 일이었지만, 덕분에 우리 아이들의 귀한 생명을 구해 주었소."

책 속 이야기 확인하기

1 배를 가진 남자가 배에 난 구멍을 고치지 않은 까닭은 무엇인가요?

....

....

2 배에 페인트를 칠한 남자가 배를 수리한 까닭은 무엇인가요?

....

....

3 내가 하고자 했던 일을 미뤄서 후회했던 적이 있었나요? 미뤘다면 미룬 이유를 자세하게 써 보세요.

※ 글을 쓰는 이유는 많지만 그중에서도 나를 돌아보기 위해 쓰는 글도 있답니다. 이런 글에는 솔직함이 담겨 있어야겠지요?

....

....

....

탈무드와 함께 한 유대인 스티븐 스필버그

 친구 중에 영화를 좋아하는 친구들이 있나요? 유대인 가정에서 태어난 스티븐 스필버그는 어릴 적부터 영화를 좋아했다고 해요. 그래서 열세 살 나이에 생애 첫 영화를 만들었는데 가족들이 배우로 나왔다고 합니다. 떡잎부터 알아본다는 말이 어울리는 유년시절을 보낸 스필버그는 미국의 영화감독 중에서도 할리우드 역사상 가장 크게 성공한 감독 중 한 명이랍니다.

흥행한 영화를 나열하자면 끝이 없는데요. 그중 공룡이 나오는 〈쥐라기 공원〉은 친구들도 꼭 봤으면 좋겠어요. 지금은 사라지고 없는 공룡이 영화 속에서는 아주 생생한 모습으로 나오거든요. 또 제2차 세계대전 중 독일군으로부터 억울한 죽임을 당한 유대인의 이야기를 영화 〈쉰들러 리스트〉로 만들기도 했답니다.

인간의 끝없는
욕심

- 행복과 불행

시골 마을에 가난한 농부가 살고 있었습니다. 농부는 성실했지만 불평불만이 많았습니다. 작은 일도 너그럽게 생각하는 마음이 없었지요.

하루는 농부가 랍비를 찾아가 눈물을 흘리며 말했습니다.

"랍비님, 사는 것이 너무도 힘이 듭니다. 집은 게딱지만큼 작은데 아이들은 많아 쉴 틈이 없습니다. 뿐만이 아닙니다. 제 처는 저만 보면 **악다구니***를 써대며 소리를 질렀답니다. 아, 저는 너무도 불행한 사람입니다!"

랍비가 조용히 말했습니다.

"자네, 염소를 가지고 있는가?"

"당연히 기르고 있지요."

"그럼 염소를 집 안에 들여놓고 길러 보게나."

"염소를요?"

"어서 집에 가서 내 말대로 하게나."

농부는 랍비의 말이 이해되지 않았지만, 랍비 말대로 염소를 집 안에 들여놓았습니다.

다음 날, 농부는 랍비를 보자마자 소리쳤습니다.

* **악다구니**: 서로 욕하며 성내어 싸우는 짓. 또는 그런 입.
* **악처**: 행실이나 성질이 악독한 아내.

"버르장머리 없는 아이들과 **악처***도 끔찍한데 염소까지! 아, 도저히 못 참겠습니다!"

랍비가 말했습니다.

"그럼 이번에는 닭을 집에 몽땅 들여 놓고 길러 보게나."

"닭까지요?"

"어서 집에 가서 내 말대로 하라니까!"

이번에도 농부는 랍비의 말이 이해되지 않았지만, 랍비 말대로 닭을 집 안에 들여놓았습니다.

다음 날, 농부는 랍비를 보자마자 울부짖었습니다.

"이제는 세상이 끝입니다! 아이들과 마누라도 모자라 염소와 닭까지!"

랍비가 말했습니다.

"그렇다면 곧장 집으로 가서 염소와 닭을 집 밖으로 꺼내 놓게나. 그리고 내일 날이 밝는 대로 찾아오게나."

"정말 염소와 닭을 집에서 꺼내도 되는 겁니까?"

"의심하지 말고 내 말대로 하게나."

다음 날, 날이 밝자마자 농부가 랍비를 찾아왔습니다. 그런

데 농부의 얼굴이 기쁨으로 빛나고 있었습니다.

"그래, 어젯밤은 어땠는가?"

랍비의 물음에 가난한 농부는 큰 목소리로 대답했습니다.

"아아, 닭과 염소를 내쫓고 나니 천국이 따로 없습니다. 이제 우리 집은 왕이 사는 궁궐만큼 살기 좋아졌습니다!"

책 속 이야기 확인하기

1 가난한 농부가 랍비를 찾아간 까닭은 무엇 때문이었나요?

....

....

2 가난한 농부는 이제 집이 천국이 되었다며 좋아했습니다. 농부가 그렇게 생각한 까닭을 써 보세요.

....

....

3 나는 어느 때 마음이 괴롭고 힘들었나요? 그리고 힘들었던 마음이 어느 때 편해졌나요? 그때 경험을 떠올리며 자유롭게 써 보세요.

※ 속상할 때가 있었을 거예요. 그럴 때 친구들은 어떤 방법으로 속상함을 풀었나요? 가까운 친구들 혹은 부모님과 이야기를 나누는 방법도 좋지만 글로 쓰는 것도 좋은 방법이에요. 글로 쓰다 보면 내 마음이 자연스럽게 정리가 되거든요.

....

....

....

내가 가진 모든 것을
줄 수 있나요?

- 막내의 마술 사과

어느 시골 마을에 삼 형제가 살고 있었습
니다. 삼 형제에게는 제각기 한
가지 보물이 있었습니다.
첫째는 어디든 볼 수 있는
망원경, 둘째는 어디든 갈 수 있는
마술 양탄자 그리고 막내는 마술 사과
를 가지고 있었지요.
　　　그러던 어느 날, 삼 형제는 멀

리 있는 왕궁 소식을 듣게 되었습니다.

"소문 들었나? 글쎄, 왕의 외동딸이 큰 병에 걸렸다는군."

"그러게 말일세, 근데 아무도 공주의 병을 고친 사람이 없다니 큰일일세."

사람들도 모두 왕과 함께 걱정에 빠졌습니다.

결국 왕은 공주의 병을 고치는 사람을 사위로 삼은 뒤 왕위를 물려주겠다는 **포고문***을 마을 곳곳에 붙였습니다.

첫째 형이 망원경으로 포고문을 보았습니다.

"애들아, 내가 지금 뭘 봤는지 아느냐? 글쎄 왕이 공주의 병

* **포고문**: 왕이 결정한 내용을 백성들에게 알리는 글.

을 고친 사람에게 왕위를 물려준다고 하는구나. 물론 공주는
아내로 삼을 수 있고 말이야."

첫째 형의 말에 모두가 눈이 휘둥그레졌습니다.

"그럼 이러고 있을 때가 아니군요. 어서 마술 양탄자를 타고
궁궐로 가요!"

둘째가 들뜬 목소리로 말했습니다.

삼 형제는 재빨리 마술 양탄자를 타고 궁궐로 들어갔습니다. 한시도 지체할 수 없다고 생각했지요. 궁궐은 모두의 눈을
놀라게 할 만큼 크고 화려했습니다. 하지만 아픈 공주와 슬픔
에 잠긴 왕을 보자 궁궐의 화려함은 눈에서 곧
사라졌습니다.

"그대들은 공주의 병을
낫게 할 수 있는가?"
왕이 시름에 잠긴 목
소리로 말했습니다.
삼형제는 왕이 붙인
포고문을 망원경으로
본 뒤 마술 양탄자를 타고

궁궐에 온 이야기를 했습니다. 마지막으로 막내가 왕 앞으로 다가가 말했습니다.

"왕이시여, 제가 가져온 사과를 먹으면 공주님의 병은 나을 줄로 아옵니다."

막내아들의 말은 거짓이 아니었습니다. 공주는 마술 사과를 먹은 뒤 자리에서 일어났지요. 마치 긴 잠에서 깬 사람처럼 기지개까지 펴면서요.

궁궐에 모인 사람들은 환호성을 지르며 기뻐했습니다. 그리고 왕은 곧 삼 형제를 위해 성대한 잔치를 열었습니다. 그런데 삼형제 중 어떤 사람을 사위로 맞이해야 할지 고민에 빠졌습니다.

눈치 빠른 맏형이 앞으로 나서서 말했습니다.

"왕이시여, 제가 망원경으로 포고문을 발견하지 않았다면 이곳에 올 수 없었습니다."

둘째 아들도 가만있지 않았습니다.

"무슨 소립니까? 만약 이 마술 양탄자가 없었다면 이 먼 궁궐까지 한달음에 올 수 없었습니다."

그러자 막내아들이 모두를 바라보며 말했습니다.

"첫째 형님의 말씀도 옳고, 둘째 형님의 말씀도 옳습니다. 하지만 제 마술 사과가 없었다면 도착해서도 공주를 살릴 수 없었습니다."

말없이 삼 형제의 말을 듣고 있던 왕이 입을 열었습니다.

"삼 형제 중 첫째와 둘째에게 감사함을 전하노라. 그대들이 있어 궁궐에 빨리 왔음을 나도 잘 아노라. 하지만 첫째의 망원경과 둘째의 양탄자는 아직 남아있다. 대신 막내는 자신의 보물인 사과를 공주에게 먹였기에 아무것도 남지 않았다. 다시한번 말하겠노라. 여기 있는 막내는 공주를 위해 자신이 가진 모든 것을 주었노라."

1 내가 왕이었다면 삼 형제 중 어떤 사람을 사위로 삼았을까요? 그 까닭을 써 보세요.

----

2 가족 혹은 친구가 어려움에 부닥쳤을 때 도와준 적이 있었나요? 경험이 있었다면 그때 경험했던 일을 떠올리며 자유롭게 써 보세요.

※ 경험은 소중한 거예요. 경험이 있기에 우리는 성장할 수 있거든요. 또 경험이 있어 그때 일을 생생히 기억한 뒤 기록할 수 있답니다. 글은 사실적으로 쓰는 것이 좋습니다. 그러면 읽는 사람들도 감동을 배로 느낄 수 있거든요.

미래를 계획해야 하는
이유

- 포도밭의 여우

"어우, 배고파 죽을 것 같아."

이틀 동안 아무것도 먹지 않은 여우 한 마리가 포도밭 주위를 맴돌며 중얼거렸습니다.

"달콤한 포도 한 알만 먹어도 행복하겠어!"

이제 여우는 눈물이 쏟아질 것만 같았습니다. 울타리 너머에는 셀 수 없을 만큼 많은 탐스러운 포도가 있는데 먹을 수 없으니 그럴 수밖에요. 여우는 원망과 배고픔을 **호소***하며 울

---

* **호소**: 억울하거나 딱한 사정을 남에게 하소연함.

타리 주위를 맴돌았습니다. 하지만 울타리를 넘을 방법은 도무지 떠오르지 않았지요.

그런데 저 구멍은 뭐죠? 돌아가야겠다고 포기한 순간 여우의 눈에 작은 구멍이 보였습니다. 여우는 재빨리 달려가 구멍에 머리를 넣었습니다. 아, 그런데 머리와 어깨는 들어가는데 배에서 걸리고 말았습니다.

'이대로 포기할 순 없어! 반드시 저 포도를 먹고 말 테야.'

여우는 다시 몸을 왼쪽으로 돌렸다, 오른쪽으로 돌렸다 하며 구멍 안으로 몸을 밀어 넣었습니다. 하지만 방향을 바꿔도 배에서 걸리고 말았습니다.

"이틀을 굶었는데도 구멍에 걸리다니……, 어쩔 수 없지만 며칠을 더 굶어보자. 그럼 들어갈 수 있을 것 같아."

혼잣말을 한 뒤 여우는 구멍 앞에 주저앉았습니다. 그러고는 울타리 너머 포도를 바라보며 하루, 이틀, 사흘도 모자라 나흘까지 굶었습니다. 매일 몸을 구멍에 넣어 봤지만 나흘이 되어서야 몸이 쑥 들어갔거든요. 여우는 눈물이 날 만큼 기뻤습니다. 마음 같아서는 펄쩍거리며 뛰고 싶었지만 힘이 없었습니다.

"아, 드디어 포도를 먹을 수 있구나!"

배가 홀쭉해진 여우는 눈에 보이는 대로 포도를 따 입에 넣었습니다.

"세상에, 이렇게 달콤하다니!"

여우는 생각했던 것보다 포도가 맛있어서 눈물이 날 지경이었습니다. 나흘을 굶으면서 괴로웠던 시간도 금세 잊었지요.

여우는 이제 서 있기도 힘들 만큼 배가 불렀습니다. 조금 전까지만 해도 침을 흘리며 포도를 먹었지만 이제는 꼴도 보기

싫어졌지요.

"이제 그만 먹자, 충분히 먹었어!"

한껏 기분이 좋아진 여우는 배를
통통 두드리며 구멍 앞으로 다가갔습니다.

그런데 세상에……, 포도에 정신이 팔려 구멍을 까맣게 잊고
있었지 뭐예요.

"아차, 구멍이 있었지!"

여우는 인상을 쓰며 구멍에 몸을 넣었습니다. 하지만 구멍은
그대로였습니다.

"하, 어쩌지……, 다시 또 굶어야 하는 거야?"

결국 여우는 불룩한 배를 원망하며 하루를 굶고 이틀을 굶
었습니다. 굶어야지만 구멍을 통해 나갈 수 있으니까요.

책 속 이야기 확인하기

1 여우가 한 어리석은 행동은 무엇이었나요?

....

....

2 결국 여우는 무엇을 뉘우쳤나요?

....

....

3 생활하면서 어리석은 행동을 한 적이 있었나요? 있었다면 어떤 일이
었고, 어떻게 뉘우쳤는지를 자유롭게 써 보세요.

※ 글을 쓰려고 하는데 생각이 나지 않을 때가 있어요. 그럴 때 친구들은 어떻게 하나요?
누구든 글을 한 번에 잘 쓸 수는 없어요. 하지만 훈련을 통해 글을 잘 쓸 수 있는데요. 그
중 하나가 '관찰'이랍니다. 작은 것도 자세히 보는 습관을 들이면, 글을 쓸 때 아주 좋은
소재를 얻을 수 있거든요.

....

....

....

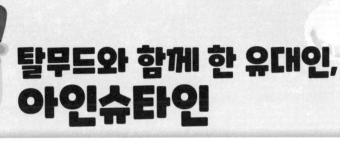

탈무드와 함께 한 유대인, 아인슈타인

아인슈타인은 1879년에 독일 유대인 가정에서 태어났습니다. 아버지는 사업을 했지만 성공하지는 않았다고 해요. 그래서 집안 살림은 언제나 어려웠지요. 하지만 음악을 잘했던 어머니는 아인슈타인에게 음악교육을 받게 했습니다. 힘이 들 때마다 음악은 아인슈타인에게 물리학 다음가는 친구였지요.

어린 아인슈타인이 어렸을 때부터 호기심이 많았다고 합니다. 무엇인가 궁금하면 집요하게 파고들어 공부했는데요. 특히 집에 놀러 오는 대학생 삼촌과 함께 수학과 과학을 열심히 공부했습니다. 또 혼자 종일 책상에 앉아 발명품이나 설계도를 만지작거렸다고 하는데요. 별명이 '속세를 떠난 수도승'이었다니 얼마나 공부를 열심히 했는지 알 만하지요?

그 후 아인슈타인은 친구들에게도 잘 알려진 '상대성이론'을 발견하게 되었지요. 그리고 그 연구 업적을 인정받아 1921년에 노벨물리학상을 받았답니다.

* **속세**: 우리가 사는 일반 세상.
* **수도승**: 도를 닦는 승려.

어려울 때 친구가
진짜 친구

- 세 친구

한 사나이가 갑자기 왕의 부름을 받게 되었습니다.

'무슨 일일까? 나는 잘한 일도 없지만 잘못한 일도 없는데 말이야.'

곰곰이 생각할수록 사나이는 불안해졌습니다. 아무래도 좋지 않은 일로 부르는 것이란 **확신***이 들었지요.

결국 사나이는 세 친구를 찾아가기로 했습니다.

혼자 궁궐에 가는 것보다는 친구와 **동행***하는 것이 좋겠다는 생각이 들었지요. 첫 번째 친구는 목숨만큼 소중한 친구였고, 두 번째 친구는 첫 번째 친구만큼은 아니어도 친절하며 속 깊은 친구였습니다. 마지막으로 세 번째 친구는 있어도 그만, 없어도 그만이라 생각되는 친구였지요.

사나이는 첫 번째 친구를 찾아가 **사정***을 이야기했습니다. 그런데 이게 웬일인가요! 목숨을 줘도 아깝지 않을 거로 생각한 친구는 뜻밖의 말을 했습니다.

"미안하지만 나는 지금 몹시 바쁘네. 자네 일을 쫓아다닐 만큼 한가하지 않단 말일세!"

---

* **확신**: 굳게 믿음. 또는 그런 마음.
* **동행**: 길을 같이 가다.
* **사정**: 지금 처한 상황.

말이 끝나기가 무섭게 친구는 사나이를 집 밖으로 내쫓
았습니다. 사나이는 서럽고 분한 생각이 들었지만 어쩔 수
없었습니다.

다음 날, 사나이는 두 번째 친구 집을 찾아갔습니다. 두 번
째 친구는 조용히 이야기를 듣더니 일어나서 말했습니다.

"내 생각도 자네와 같은 생각일세. 왕은 분명 나쁜 일
로 자넬 부른 것 같아. 하지만 나는 도와줄 수 있는
형편이 안 되니 이만 돌아갔으면 좋겠네."

"자, 자네는 도와줄 거로 생각했는데……."

이제 사나이의 목소리는 떨렸습니다.

"몇 번 말해야 알아듣겠나. 그리
고 내가 쫓아갔다가 봉변*을
당하면 자네가 책임질

수 있겠는가?"

생각지도 못한 일이 연달아 일어나자 사나이는 힘이 쭉 빠졌습니다.

결국 사나이는 마지막으로 세 번째 친구 집을 찾아갔습니다. 집으로 가는 길이기도 했거니와 마지막 끈이라도 잡고 싶은 마음에서였지요.

"잘 있었는가?"

* **봉변**: 뜻밖의 나쁜 일이나 망신스러운 일을 당함.

사나이는 친구에게 힘없이 인사를 했습니다. 그러자 세 번째 친구는 집 문을 활짝 열며 들뜬 목소리로 말했습니다.

"이 밤중에 무슨 일로 왔는가? 그런데 밖에 우두커니 서 있지 말고 어서 들어오게나."

뜻밖의 말에 사나이는 집으로 들어가 이야기를 꺼냈습니다. 두 번의 거절이 있었기도 했지만, 세 번째 친구와는 친하지 않았기에 큰 기대도 하지 않았지요.

세 번째 친구는 턱을 괴고는 심각하게 사나이의 말을 들었습니다.

"그런 일이 있었군. 걱정이 많았겠어. 그럼 내가 자네를 따라 궁궐에 들어가면 된단 말인가?"

"오, 그래 줄 수 있겠는가?"

사나이는 가까스로 눈물을 참으며 말했습니다.

"당연하지! 그게 뭐 어려운가? 내 기꺼이 가겠네. 그리고 자네는 아무런 잘못이 없으니 두려워하지 말게. 분명 나쁜 일이 아닐 거야."

책 속 이야기 확인하기

1 사나이는 어떤 일로 세 친구를 찾아갔나요?

....

....

2 또 세 명의 친구에게 어떤 말을 들었나요?

....

....

3 내가 생각하는 진정한 친구는 어떤 친구인가요? 내 생각을 자유롭게 써 보세요.

※ '관찰'이란 확대경을 들고 보듯 자세하게 보라는 말이에요. 그래야만 관찰하고자 하는 대상을 잘 볼 수 있거든요. 오늘은 친구에 대해 말해 볼 거예요. 친구와 사귀었던 시간을 천천히 생각해보세요. 좋았던 일도 좋고, 좋지 않았던 일도 좋습니다. 그렇게 생각하다 보면 친구란 존재가 내게 어떤 존재인지 느낄 수 있을 거예요.

....

....

....

한쪽으로 치우친 생각을 하면
안 되는 이유

- 다윗 왕과 거미

　이스라엘 민족의 두 번째 임금이었던 다윗은 백성들의 존경을 한 몸에 받는 왕이었습니다. 그런데 훌륭한 다윗 왕에게도 **단점***이 있었는데요. 바로 거미를 끔찍이도 싫어한다는 사실이었습니다.

　그야말로 거미만 보면 몸서리를 치며 몸을 부르르 떨었을 정도니까요. 한 번은 용기 있는 신하가 왕에게 아뢰었습니다.

　"왕이시여, 거미는 인간에게 이로운 곤충입니다. 거미가 거미줄로 잡는 해로운 곤충이 많기에 드리는 말씀입니다."

　"무슨 소리야? 거미만큼 끔찍스러운 곤충이 있을까! 나는 싫다, 그러니 아무 곳에나 거미줄을 치는 더러운 거미를 보는 즉시 죽여라!"

다윗 왕은 **손사래***를 치며 소리쳤습니다.

"그래도 거미를 조금은 살려두는 것이……."

"몇 번을 말해야 알겠느냐, 거미는 아무짝에도 쓸모없는 곤충이야!"

결국 신하들은 궁궐 안 거미들을 모두 찾아내 죽였습니다. 왕의 명령이니 따를 수밖에 없었지요.

다윗 왕이 거미를 싫어한다는 소문은 이스라엘 백성은 물론 이웃 나라까지 퍼졌습니다.

세월이 흘러 이스라엘 왕국에 전쟁이 일어났습니다.

다윗 왕은 적군들에게 **포위***되어 이리저리 헤매다 길을 잃고 말았습니다.

* **단점**: 모자라거나 흠이 되는 점.
* **손사래**: 어떤 말이나 사실을 인정하지 않거나 할 때 손을 펴서 휘젓는 일.
* **포위**: 주위를 에워쌈.

"우선은 몸을 피하는 것이 좋겠습니다. 마침 저기 작은 동굴이 보입니다. 왕이시여, 안으로 들어가소서."

동굴 입구는 커다란 거미들이 쳐 놓은 거미줄로 가득했습니다. 다윗 왕은 잠시 눈살을 찌푸렸지만 망설일 틈이 없었지요.

다윗 왕과 군사들은 동굴로 들어가자마자 잠이 들었습니다. 배도 고팠지만 종일 걸었기에 몹시 고단했습니다. 하지만 다윗 왕은 쉽게 잠들지 못한 채, 동굴 밖의 소리에 귀를 기울였습니다.

'잠들면 안 된다. 지금 당장 적군이 동굴 안으로 들어올 수 있다!'

다윗 왕의 생각은 과연 들어맞았습니다.

조금 있으려니 밖에서 부스럭거리는 소리가 들렸습니다. 다윗 왕은 얼른 군사들을 깨운 뒤 허리춤에서 칼을 꺼내 들었습니다. 동굴 안으로 들어오는 즉시 칼을 휘두를 생각이었지요.

그런데 적군들의 두런거리는 목소리가 들려왔습니다.

"작은 동굴이군. 그런데 이 어둡고 지저분한 곳에 다윗 왕이 숨었을까?"

"설마……, 여기 좀 보게! 동굴 입구에 거미줄이 많지 않은가. 더 깊숙이 들어가면 거미 천국일 것이 분명해. 자네도 알지 않나. 다윗 왕이 거미를 끔찍이 싫어한다는 사실 말일세."

어느새 적군들의 발걸음 소리가 멀어지고 있었습니다.

다윗 왕은 안도의 한숨을 내쉬며, 자신의 머리 위에서 거미줄을 치고 있는 거미를 올려다보았습니다. 잘못된 편견을 갖고 보았던 거미가 자신을 살릴 줄은 꿈에도 몰랐기 때문이지요.

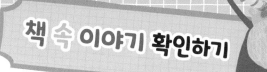

1 다윗 왕이 거미를 싫어한 이유는 무엇 때문인가요?

----

2 다윗 왕은 전쟁 중 목숨을 잃을 뻔했는데요. 어려운 상황 속에서도 목숨을 구할 수 있었던 까닭은 어떤 일 때문이었을까요?

----

3 내가 생각하는 한쪽으로 치우친 잘못된 생각(편견)이 있나요? 편견으로 인한 일을 경험했다면 그때 일을 떠올리며 자유롭게 써 보세요.

※ 내 이야기를 쓸 때 우리는 보통 설명을 하는데요. 설명을 하다보면 글이 재미가 없어집니다. 그럼 어떻게 해야 할까요? 그럴 때는 내가 쓰고자 하는 대상이 토끼라면 토끼가 내 앞에서 뛰어다닌다고 생각하면서 쓰는 거예요. 마치 그림을 그리듯이요.

희망은 좋은 것,
포기하지 마세요

- 희망

　한 사나이가 나귀와 개와 함께 여행을 떠났습니다. 그는 여행 시 필요한 작은 램프도 챙겼지요. 한 마을 **어귀***에 이르자 날이 어두워지기 시작했습니다.

　"오늘은 이 마을에서 하룻밤을 묵어야겠군."

　마을은 조용했습니다. 사나이는 마을을 천천히 둘러본 뒤 아무도 쓰지 않는 헛간을 찾아냈습니다. 가축이 없는 헛간은 지저분했지만 하룻밤을 지내기에는 편안해 보였습니다.

* **어귀**: 드나드는 입구.

"이곳이 좋겠어.
자, 그럼 짐을 풀고 식
사를 할까."

사나이는 개와 나귀에게도 먹을 것을
준 뒤 식사를 했습니다. 가방에서 꺼
낸 딱딱한 빵을 먹는 동안 밤이 되었습
니다. 사나이는 램프에 불을 붙이고는
헛간에 누워 책을 읽었습니다. 잠을
자기에는 이른 시간이었지요. 멀리
서 개 짖는 소리가 들려왔습니
다. 곁에 있는 개와 나귀는
벌써 잠이 들었습니다.

그때였습니다. 갑자
기 불어온 바람이 램프
의 불을 꺼버렸습니다.

"불을 다시 붙이기는 귀
찮군. 그래, 내일 갈 길이 머니
오늘은 일찍 자야겠다."

사나이는 하는 수 없이 지푸라기에 몸을 파묻고 잠들었습니다.

길고 긴 밤이 지난 뒤 사나이는 소스라치게 놀라며 일어났습니다. 글쎄 간밤에 여우가 나귀와 개를 죽였지 뭐예요.

"아, 램프만 켜 놓고 잤다면 여우가 나타나지 않았을 텐데
……."

사나이는 울며 절망했지만 소용없었습니다. 죽은 나귀와 개가 다시 살아날 수는 없으니까요. 아침도 거른 채 사나이는 헛간을 빠져나왔습니다. 죽은 나귀와 개 생각에 마음이 한없이 무거웠지요. 헛간을 나와 방앗간을 지나칠 때였습니다. 한 남자가 헐레벌떡 뛰어나오며 소리쳤습니다.

"세상에, 당신은 살아남았군요!"

사나이는 어리둥절한 얼굴로 물었습니다.

"대체 무슨 말씀이오? 살아남다니? 마을에 무슨 일이 있었소?"

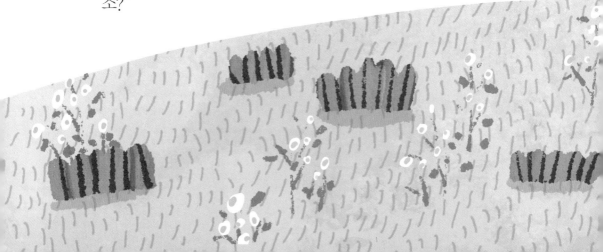

사나이의 말이 끝나자마자 남자는 바닥에 주저앉아 울며 말
했습니다.

"어젯밤, 마을에 도둑 떼가 쳐들어왔지 뭡니까? 램프가 밝혀
져 있는 집은 모두 쳐들어가
돈과 가축을 빼앗은 것도
모자라 사람들을 죽였
습니다!"

"그럼 당신은 어찌 살아남았소?"

"나는 간신히 몸을 숨겼지만 남은 가족들은……. 아, 저는 이제 어떻게 살아야 할까요!"

"……."

남자의 말에 사나이는 할 말을 잃었습니다. 그러고는 말없이 한 손에 쥐어져 있는 램프를 내려다보았습니다.

'아, 만약 램프가 켜져 있었다면 나 역시…….'

생각이 거기까지 닿자 남자는 몸서리를 쳤습니다. 이제는 여우에게 죽임을 당한 나귀와 개도 생각나지 않았습니다. 사나이는 우는 남자에게 위로의 말을 건넨 뒤 다음 **목적지***를 향해 출발했습니다.

~~~~~~~~~~~~

* **목적지**: 목표로 삼는 곳.

1 사나이는 어떻게 살아남을 수 있었을까요?

----

2 등불이 꺼지지 않았다면 사나이는 어떻게 되었을까요?

----

3 내가 생각하는 희망은 무엇인가요? 내 생각을 자유롭게 써 보세요.

※ 눈에 보이지 않는 것들을 써야 할 때가 있습니다. 오늘처럼 '희망'이나 '노력''행복' 등을 써야 할 때지요. 이럴 때는 내 마음을 생각해보세요. 내 마음처럼 중요한 것이 없잖아요. 내가 언제 행복했었는지, 내가 언제 희망을 생각했었는지를 생각해 보는 거예요.

아버지의
지혜로운 사랑

- 아버지가 남긴 단 하나의 유산

   한 마을에 큰 부자가 살았습니다. 부자는 근면 성실하게 일을 하여 부자가 되었지만 재산보다는 지식을 쌓는 것이 중요하다고 여겼지요. 그래서 부자는 하나밖에 없는 아들을 도시로 **유학*** 보냈습니다. 아들도 아버지의 뜻에 따라 먼 **타향***에서 열심히 공부했습니다.

---

* **유학**: 고향을 떠나 다른 곳에서 공부함.
* **타향**: 자신이 태어난 고향이 아닌 다른 곳.
* **유언장**: 죽음에 이르기 직전에 남기는 말을 적은 글.

그런데 아들과 헤어지고 난 뒤 부자는 병에 걸렸습니다. 부자는 몸에 좋다는 약을 먹으며 갖은 치료를 했지만 소용이 없었지요.

"얼마 못 살 것 같군. 그런데 아들이 곁에 없으니 유언장*을 써야겠어."

아들을 부르고 싶었지만 부자는 자신의 생명이 얼마 남지 않았음을 알았습니다. 부자는 급히 하인을 불러 종이를 가져오게 했습니다. 그러고는 슬픈 마음을 억누르며 유언장을 썼습니다.

'내 모든 재산을 하인에게 물려준다. 그리고 아들은 내가 가진 재산 중 딱 한 가지만을 가질 수 있다.'

유언장을 작성한 부자는 다음날 숨을 거두었습니다. 부자가 쓴 유언장을 본 하인은 너무 기뻐 덩실덩실 춤을 추고 싶었습니다. 죽은 부자의 재산을 독차지할 수 있으니까요. 하지만 사람들이 보고 있어 가짜 눈물을 흘리며 통곡하였지요.

"아, 주인님이 이렇게 **허망***하게 가시면 도련님은 어찌 사시라고요! 그리고 이 슬픈 소식을 도련님께 어찌 전할 수 있을까요!"

부자의 장례를 치른 하인은 서둘러 도시에 사는 아들을 찾

---

* **허망**: 어이없고 허무하다.
* **불효**: 부모를 잘 섬기거나 받들지 않아 자식 된 도리를 못함.
* **호의호식**: 좋은 옷을 입고 좋은 음식을 먹음.

아갔습니다. 아들에게 하루라도 빨리 유언장을 보여주고 싶었지요.

아버지가 돌아가셨다는 사실을 안 아들은 큰 충격에 빠졌습니다.

"그 말이 사실인가? 그런데 왜 내게 그 사실을 알리지 않았는가?"

아들은 하인을 원망하며 눈물을 흘렸습니다. 그리고 하늘에 계신 아버지를 향해 엎드려 통곡하며 소리쳤습니다.

"아, 아버지! 제가 큰 **불효***를 저질렀습니다. 저는 아버지가 아프신 줄도 모르고 저 혼자 **호의호식***하며 공부만을 했습니다."

한참을 통곡한 뒤 아들은 하인이 보여 준 유언장을 보았습니다.

"모든 재산을 하인에게 물려준다고?"

믿을 수 없었지만 유언장의 내용은 사실이었습니다.

며칠 뒤, 아들은 지혜롭기로 소문난 랍비를 찾아갔습니다. 아버지가 하인에게 전 재산을 물려준다는 사실도 이상했고, 재산 중 단 한 가지만 가질 수 있다는 말도 이해하기 어려웠지요.

아버지의 유언장을 천천히 본 랍비가 빙긋 웃으며 말했습니다.

"자네 아버지는 참 지혜로운 분이시군. 그리고 자넬 아주 많이 사랑하셨어."

랍비의 말에 아들은 고개를 갸웃거리며 말했습니다.

"저는 도통 이해가 되지 않습니다. 무슨 말씀이신지 설명해 주실 수 있습니까?"

랍비가 다시 입을 열었습니다.

"자, 내가 하는 말을 잘 듣게나. 자네 아버지는 자신이 죽고 난 뒤 어떤 일이 벌어질지 알고 계셨다네. 분명 하인은 주인의 죽음을 알리지 않은 채 흥청망청 재산을 써 버리거나, 아니면 가지고 도망쳤을 것일세."

"아, 그렇군요."

"그래서 자네 아버지는 계획하셨지. 하인에게 재산을 물려준다고 유언장에 쓰면 하인은 하루빨리 재산을 갖고 싶어 자네에게 뛰어오지 않겠나. 하지만 하인은 누구의 재산인가? 아버지의 재산 아닌가? 그러니 자네는 아버지의 유언*대로 하인만 고르면 아버지의 재산을 모두 받을 수 있지 않은가?"

랍비의 말이 끝나자마자 아들은 랍비에게 크게 절하며 아버지의 지혜와 사랑에 깊이 감탄하였습니다.

---

* **유언**: 죽음에 이르기 직전에 남기는 말.

1 부자는 왜 하인에게 모든 재산을 물려줬나요?

....

....

2 아들이 아버지의 지혜에 감동한 까닭은 무엇인가요?

....

....

3 내가 생각하는 지혜로운 사람은 어떤 사람인가요? 내 생각을 자유롭게 써 보세요.

※ 내가 했던 일 중 지혜롭게 처리했던 일을 써도 좋습니다. 아니면 지혜로운 사람이 되기 위해서는 무엇이 필요한지를 써도 좋습니다.

....

....

....

탈무드와 함께 한 유대인, 록펠러

친구들은 석유왕이면서 부자인 록펠러를 알고 있나요? 록펠러는 미국 뉴욕에서 태어났습니다. 어려서부터 유독 사업에 관심이 많아 1859년에 친구와 함께 회사를 설립했지요. 또 다른 작은 사업으로 정유소도 함께 운영했는데 이 사업이 크게 번창했고 1870년에는 당당히 오하이오 스탠더드 석유회사를 세웠습니다.

친구들은 노벨상의 22%를 수상하고 있는 민족이 유대인이란 사실을 알고 있나요? 그뿐 아니라 유대인들은 기부도 잘하는데요. 자신이 가진 재산의 절반을 기부하겠다는 '기부서약' 운동을 처음 시작한 인물이 록펠러였습니다. 부자이기도 했지만 어려운 이웃을 외면하지 않았던 록펠러는 사업에서 물러나 자선사업에 몰두하였습니다. 그래서 1890부터 1892년까지 시카고대학 설립을 위해 6,000만 달러 이상을 기부했는데요. 그 후에는 록펠러재단, 일반교육재단, 록펠러의학연구소 등을 설립했답니다.

* **정유소**: 휘발유나 등유를 넣는 가게.
* **번창**: 일이 잘되어 발전함.
* **기부**: 남을 돕기 위하여 돈이나 물건을 내놓음.

검소함이야말로
부자로 가는 길

– 모든 행동에는 이유가 있다

작은 마을에 돈을 안 쓰기로 유명한 부자가 살고 있었습니다. 부자는 꼭 필요한 물건 외에는 돈을 쓰지 않아서 **자린고비***로 유명했지요. 하지만 마을에 어려운 일이 생기거나 불쌍한

이웃을 보면 아낌없이 지갑을 열어 베풀었답니다. 그래서 마을 사람들은 부자를 마음속 깊이 존경했지요.

그러던 어느 날, 부자는 도시에 사는 친구로부터 편지 한 통을 받았습니다.

'친구여, 잘 지내고 있는가? 내가 알기로 지금 시골은 바쁘지 않은 거로 알고 있네. 내 말이 옳다면 시간을 내서 우리 집에 놀러 오는 건 어떤가? 자네 얼굴이 매우 그립다네. 그리고 내가 사는 도시 곳곳을 구경시켜 주고 싶다네. 그럼 그동안 몸 건강히 잘 지내고 있게나.'

친구의 편지를 받은 부자는 기뻤습니다. 안 그래도 친구 소

* **자린고비**: 다른 사람에게 안 좋은 말을 들을 정도로 돈을 쓰는 것에 인색한 사람.

식이 궁금했기 때문이지요.

부자는 다음날 바로 친구가 사는 도시를 향했습니다. 그리고 도시에 도착하자마자 편지를 보낸 친구와 만났지요.

"아니, 옷차림이 이게 뭔가? 오다가 강도라도 만났는가?"

친구는 깜짝 놀라 말했습니다. 시골에서 온 부자의 옷차림이 너무도 초라했기 때문이지요.

"허허! 아닐세, 강도는 무슨……. 설마 내 옷차림이 창피해서 그런가? 걱정하지 말게. 이 도시에서 대체 누가 날 알아보겠는가. 그러니 내 걱정은 하지 말게."

부자는 웃으며 말했지만 도시 친구는 못마땅했습니다.

"자네가 사는 곳은 시골이지만 여긴 도시일세. 자, 보시게나. 자네처럼 옷을 입고 다니는 사람은 없단 말일세."

"내 옷차림 때문에 자네나 나나 험한 일을 당할 일은 없을걸세. 그러니 나를 데리고 어서 이 도시를 구경시켜 주게나."

"아니, 그 말이 아니라……."

할 말을 잃은 친구는 결국 부자 친구와 함께 도시 곳곳을 다니며 여행했습니다.

시간이 흘러 이번에는 도시 친구가 부자 친구가 사는 시골로 여행을 왔습니다. 그런데 놀랍게도 부자 친구의 옷차림은 변한 것이 없었습니다.

"친구여, 내가 사는 도시에서는 자네를 알아보는 사람이 없어 초라하게 입고 다녀도 상관없다고 하지 않았나? 그런데 이곳 마을 사람들은 자네를 알아보지 않는가? 다시 묻겠네, 왜 자네는 이곳에서도 다 떨어진 형편없는 옷을 입고 다니는가?"

친구가 깜짝 놀라 물었습니다.

그러자 부자는 아무렇지도 않은 듯 웃으며 말했습니다.

"허허! 난 또 뭐라고! 이보게나, 자네 말대로 이곳 마을 사람들은 모두 다 나를 잘 알고 있다네. 웬만하면 돈을 쓰지 않는 **구두쇠***란 것을 말일세. 그러니 굳이 좋은 옷을 입고 다닐 필요가 있겠나?"

평소 부자 친구의 **검소***함을 잘 알았던 도시 친구는 결국 친구의 말에 같이 웃고 말았답니다.

* **구두쇠**: 돈이나 재물을 쓰는 데 몹시 인색한 사람.
* **검소**: 함부로 돈을 쓰지 않음.

책 속 이야기 확인하기

1 부자 친구가 도시에서도 자신이 사는 마을에서도 옷을 검소하게 입고 있었던 이유는 무엇 때문인가요?

....

....

....

....

2 내가 생각하는 근검절약하는 사람은 어떤 사람인가요? 또 근검절약 하며 살면 무엇이 좋을까요? 내 생각을 자유롭게 써 보세요.

※ 글을 쓸 때 꼭 지켜야 할 것이 있습니다. 바로 문장부호 제대로 쓰기와 맞춤법, 띄어쓰기인데요. 네, 이 모든 것을 제대로 쓰는 것은 어렵습니다. 하지만 노력은 해야겠지요? 아무리 글 속 내용이 좋더라도 문장부호와 맞춤법 그리고 띄어쓰기가 제대로 되어있지 않으면 좋은 글이라 할 수 없거든요.

....

....

....

....

두 사람의 이야기에
귀 기울여 보세요

- 싸움을 말리는 방법

한 부부가 있었습니다. 부부는 사랑해서 결혼했지만 사이가 좋은 날보다는 다투는 날이 더 많았습니다. 남편은 아내의 작은 잘못을 **헐뜯었고*** 아내 역시 남편의 나쁜 버릇을 **비난***했습니다. 결국 두 사람은 지혜로운 랍비를 찾아가 **잘잘못***을 가리기로 했습니다. 계속 이렇게 싸웠다가는 두 사람 모두 마음의 병에 걸릴 것만 같았지요.

─────〰〰〰─────

* **헐뜯다**: 남의 흠을 잡아내어 나쁘게 말하다.
* **비난**: 남의 잘못이나 흠을 책잡아 나쁘게 말함.
* **잘잘못**: 잘함과 잘못함.

랍비는 부부를 따뜻하게 맞이하며 따뜻한 차를 대접습니다.

"랍비님, 제 말을 좀 들어보세요! 제 아내는 별 일도 아닌 일에 매일 잔소리를 하고 있답니다. 정말이지 집에 들어가고 싶지 않을 정도랍니다, 랍비님도 들어보시면 분명 제 편을 들게 될 겁니다!"

먼저 남편이 분통을 터트리며 소리쳤습니다. 그러자 아내도 버럭 화를 내며 목소리를 높였습니다.

"당신이 일을 똑바로 하면 화를 내겠어요? 제발, 당신만 옳다고 하지 마세요! 그리고 내가 잔소리를 했다고요? 그럼 어디한 번 처음부터 따져볼까요?"

부부의 목소리가 얼마나 큰지 귀가 따가울 정도였습니다. 하지만 랍비는 얼굴 한 번 찡그리지 않고 말했습니다.

"그래요, 두 사람 이야기를 모두 들어볼 테니 진정들 하세요. 먼저 아내분과 이야기를 하겠습니다."

랍비는 아내를 곧 서재로 데리고 갔습니다. 그러고는 아내의 이야기를 처음부터 끝까지 조용히 들었습니다. 물론 대답도 했습니다.

'아, 그런 일이 있었군요.' '저 역시 아내분이 잘못하셨따고 생각합니다.' '네, 그럴 때는 화가 날 만하지요.' 하는 말들을요.

랍비와 한참을 이야기를 나눈 부인의 얼굴이 환해졌습니다. 자신의 이야기에 귀를 기울이며 **맞장구***를 쳐 주었기 때문이지요.

"감사합니다, 랍비님! 랍비님에게 모든 이야기를 하고 나니 가슴이 다 후련하네요."

아내가 서재에서 나간 뒤 남편이 들어왔습니다. 랍비는 이번에도 조용히 남편의 이야기를 조용히 들으며 고개를 끄덕였습니다. 물론 대답도 했습니다.

'아, 그러셨군요.' '정말 화가 많이 나셨겠습니다.' '네, 당연히 부인 말씀이 옳습니다.'라는 말들을요.

랍비와 이야기를 마친 남편의 얼굴이 밝아졌습니다. 랍비는

---

* **맞장구**: 남의 말이 옳다고 인정하는 일.

106

처음부터 끝까지 자신의 말이 옳다며 편을 들어주었거든요.

"랍비님, 제 이야기를 끝까지 들어주셔서 감사합니다! 그런데 생각해보니 제게도 조금은 잘못이 있다는 생각이 들었습니다."

남편은 서재를 나오자마자 아내에게 다가가 용서를 구했습니다. 그러자 아내도 남편에게 미안하다며 말했습니다.

부부가 집으로 돌아가고 난 뒤, 이 모든 광경을 보고 있던 랍비의 아내가 물었습니다.

"궁금하네요, 당신은 아내의 이야기가 옳다고 말씀하시고는 남편의 이야기도 옳다고 말씀하셨어요. 사실 두 사람의 이야기는 완전히 달랐는데 말이죠. 왜 두 사람 모두의 편을 들어주신 거죠?"

그러자 랍비가 빙긋 웃으며 말했습니다.

"싸울 때는 자신의 잘못은 보이지 않는 법이요. 그래서 지켜보는 사람은 어느 한 사람의 이야기에만 맞장구를 쳐 줄 수 없소. 이럴 때 좋은 방법이 있소, 두 사람 모두의 이야기가 옳다고 하는 것이지. 그래야만 흥분을 가라앉히고 자신의 잘못을 볼 수 있기 때문이오."

랍비의 말에 아내는 말없이 미소 지었습니다.

1 왜 랍비는 남편과 아내의 말이 모두 옳다고 말했을까요?

....

....

2 남편과 아내는 왜 자신의 잘못을 뉘우치고 돌아갔을까요?

....

....

3 친구와 다툰 뒤 화해를 한 적이 있을 텐데요. 어떤 마음으로 화해를 했는지를 자유롭게 써 보세요.

....

....

....

....

낮말은 새가 듣고
밤말은 쥐가 듣는다

- 혀 이야기

학식* 있는 랍비의 집에 손님이 오기로 했습니다. 랍비는 어렵게 시간을 내 찾아오는 손님에게 특별한 음식을 대접하고 싶었지요. 아침이 되자 랍비는 하인을 불러 말했습니다.

"오늘 귀한 손님이 오시기로 했다. 시장에 가서 값비싼 재료를 구해 음식을 만들도록 하여라."

하인도 공손히 절하며 대답했습니다.

"네, 랍비님 말씀대로 값도 나가면서 맛도 좋은 재료를 구해

---

* **학식**: 공부를 해서 얻은 지식.

음식을 만들겠습니다."

저녁이 되어 랍비는 손님과 함께 식사하게 되었습니다. 하인이 준비한 음식은 소의 혀로 만들어진 요리였습니다. 하인의 말대로 요리는 훌륭했습니다.

랍비는 다음날 하인을 불러 말했습니다.

"어제 네가 준비한 소의 혀 요리는 아주 특별했다. 음식을 준비하고 만드느라 고생했구나."

며칠이 지났습니다. 이번에는 같은 마을에 사는 벗이 찾아온다는 연락이 왔습니다.

"오, 나도 궁금했던 참인데 잘 되었군!"

랍비는 기쁜 마음에 음식을 대접하기로 했습니다. 하지만 허물없이 지내는 벗이기에 값비싼 재료로 만든 음식이 필요치 않았습니다. 랍비는 이번에도 하인을 불러 말했습니다.

"이번에는 내 오랜 벗이 온다고 하는군. 그래서 하는 말인데······, 지난번처럼 비싼 재료로 음식을 만들지 않아도 된다네. 오랫동안 편하게 지내는 사이니 크게 신경 쓰지 않아도 된다는 말이지."

하인도 공손히 대답했습니다.

"네, 그럼 랍비님께서 말씀하신 대로 준비하도록 하겠습니다."

저녁이 되어 랍비의 친구가 찾아왔습니다. 문밖에서 친구를 맞이한 랍비는 친구와 함께 식당으로 갔습니다. 그런데 식탁에 올라온 음식을 보고 랍비는 깜짝 놀랐습니다.

"아니, 이 요리는……."

며칠 전, 귀한 손님을 대접하기 위해 만들었던 소의 혀 요리가 다시 저녁 식탁에 올라왔기 때문이지요.

'내가 한 말을 이해하지 못했던 모양이군……, 오늘은 친구도 왔으니 내일 이야기를 해야겠어.'

랍비는 하인이 무엇인가 착각했다고 생각했습니다. 그래서 말없이 식사한 뒤 친구와 즐거운 시간을 가졌습니다.

다음 날이 되었습니다. 랍비는 일어나자마자 하인을 불러 말했습니다.

"며칠 전, 귀한 손님이 오셨을 때는 비싼 재료로 음식을 만들라 말했었다. 그리고 어제는 편한 벗이니 굳이 비싼 재료로 음식을 만들지 않아도 된다고 말했다. 그런데 왜 두 번 모두 소의 혀로 만든 요리가 올라왔는지 말해줄 수 있겠는가?"

그러자 하인이 대답했습니다.

"아주 좋으면 혀보다 좋은 것이 없고, 또 나쁘면 혀보다 나쁜 것이 없기에 두 번 모두 혀로 만든 요리를 올렸습니다."

1 랍비의 하인은 왜 두 번 모두 혀를 재료로 한 요리를 했을까요?

....

....

....

....

2 말을 잘못해서 난처한 일을 겪은 적이 있었나요? 있었다면 그때 경험을 떠올리며 자유롭게 써 보세요.

※ 말을 잘못해서 난처한 일을 겪은 적이 여러 번 있을 거예요. 그래서 우리는 말조심을 하게 되는데요. 글도 그렇답니다. 내가 쓴 글이 마음에 들지 않으면 고쳐 쓰면 됩니다. 어떤 작가는 자신이 쓴 글이 마음에 들지 않아 백 번도 넘게 고쳐 썼다고 해요. 친구들도 내 글이 마음에 들지 않으면 고쳐 써 보세요. 그러다 보면 더 좋은 글이 나오거든요.

....

....

....

....

영원한 재물은
없다

- 눈에 보이지 않는 보석

　젊은 랍비가 여행을 가기 위해 배를 탔습니다. 큰 배에는 젊은 랍비 말고도 많은 사람들이 타고 있었지요.

　하루는 날씨가 좋아 랍비는 가판 위를 산책했습니다. 그 사이, 많은 사람이 갑판 위로 나와 따사로운 햇살을 즐겼지요. 한 시간이 조금 지났을까요, 가판 위를 걷던 한 여인이 자신의 목에 걸린 목걸이를 사람들 앞에서 자랑했습니다.

　　"그렇게 뚫어져라, 쳐다보지 마세요. 제 목에 걸린

목걸이가 궁금하시죠? 안 그래도 보는 사람마다 물어보더라고요. 귀한 다이아몬드 목걸이를 어디서 구했느냐고요. 호호, 어디서 구하긴요. 한 달 전, 제 남편이 생일 선물로 주었답니다."

그러자 옆에 있던 한 남자가 호탕하게 웃으며 말했습니다.

"하하! 여인네들은 보석을 좋아하지요. 하지만 보석을 넓은 집과 땅에 비할 수 있을까요? 고향에 있는 넓은 집과 땅을 판다면 그깟 보석이야 백 개도 넘게 살 수 있는데 말이지요."

조금 있으려니 한 남자가 껴들었습니다.

"보석과 넓은 집……, 그리고 하인들이 농사를 짓는 넓은 땅 모두 좋지요. 그런데 금화만큼 좋은 것이 있을까요? 자랑하려고 한 소리는 아니지만 지금 가지고 있는 금화로 섬 하나도 살 수 있어서요."

사람들은 마치 경쟁이라도 하듯 자신이 가진 재산을 자랑했습니다. 단 한 사람, 젊은 랍비만 빼고 말이지요.

"그런데 랍비님에게는 무엇이 있습니까? 아까부터 말없이 웃고만 계셔서 궁금해 묻습니다."

금화를 자랑했던 남자가 물었습니다.

"제가 가진 재산은 보이지 않습니다."

랍비가 빙긋 웃으며 말했습니다.

"보이지 않는 재산도 있습니까? 하하, 참 이해할 수 없는 말이군요."

"그렇습니다. 여러분들의 재산은 눈에 보이는 것들이지만, 제가 갖고 있는 큰 재산은 눈에 보이지 않지요."

갑판 위에 있던 부자들은 랍비의 말을 듣고 비웃었습니다.

분명 가진 것 하나 없는 빈털터리가 **너스레**[*]를 떠는 것으로 생각했기 때문이지요.

며칠 뒤, 큰일이 생겼습니다. 해적들이 갑자기 배를 습격해 사람들의 재산을 모두 빼앗은 것도 모자라 사람들을 낯선 땅에 내려놓고는 떠났지 뭐예요. 사람들 모두 절망에 빠졌습니다. 고향을 떠난 것도 슬픈데 빈털터리가 되었거든요. 결국 사람들은 낯선 곳에서 어렵게 살아야 했습니다. 예전에 누렸던 **부귀영화**[*]는 사라졌지요.

많은 시간이 흘렀습니다. 한 거지가 거리에서 랍비를 만났습니다.

* **너스레**: 수다스럽게 떠벌리어 늘어놓는 말이나 짓.
* **부귀영화**: 재산이 많고 지위가 높으며 귀하게 되어 세상에 이름을 빛냄.

"아니, 당신은 배에서 만난 랍비 아니오?"

거지가 말했습니다.

"맞습니다, 그런데 당신은 금화 이야기를 했던 분 맞습니까?"

랍비도 놀라 물었습니다. 한때 부자였던 남자는 이제 아무것도 가진 것이 없는 거지가 되었습니다. 하지만 랍비는 한눈에 봐도 **번듯한***모습이었습니다.

"그때 당신은 아무것도 가진 것이 없지 않았습니까? 그런데 많은 것을 가졌던 저와는 달리 거지가 되지 않았군요?"

부자가 묻자 랍비가 공손히 대답했습니다.

"전 이 낯선 땅에서 아이들을 가르치고 있습니다."

랍비의 말을 들은 거지는 그제야 고개를 숙이며 마음속으로 생각했습니다.

'보이지 않는 재산이란 것이 바로 랍비의 높은 학식이었구나! 그렇지, 학식은 돈을 주고도 사지 못하는 귀한 재산이 아니던가!'

~~~~~~~~~~~~~

* **번듯하다**: 생김새가 훤하고 말끔하다.

1 갑판에서 사람들은 왜 자신이 가진 것을 자랑했을까요?

....

....

2 젊은 랍비는 왜 자신이 가진 소중한 재산은 눈에 보이지 않는 것이라 말했을까요?

....

....

3 나에게 가장 소중한 재산은 무엇인가요? 머릿속에 떠오르는 생각을 자유롭게 써 보세요.

※ '아휴, 머리 아파!' 글을 쓸 때 이런 생각이 들 때가 있는데요. 바로 생각이 나지 않는다면 나중에 써도 괜찮답니다! 그럼 뭘 하냐고요? 잠시 산책을 해도 괜찮고, 미뤄두었던 다른 일을 하는 것도 좋은 방법이에요.

....

....

....

겉모습만 보고 판단하는 어리석음

- 못생겨서 죄송합니다

　한 마을에 학식이 높고 인품이 좋은 랍비가 살았습니다. 그런데 한 가지 흠*이라면 얼굴이 못생겼습니다. 만약 얼굴이 잘생겼다면 지금보다 더 많은 인기가 있었을지도 모릅니다. 사실 랍비의 수업은 너무도 유명했거든요. 랍비는 어려운 수업도 쉽게 풀어 이야기했고, 재미있는 이야기도 많이 알고 있어 모두가 랍비의 수업을 좋아했습니다.

　어느 날, 랍비는 뜻밖의 초대를 받았습니다. 랍비를 초대한

---

* **흠**: 사람의 얼굴이나 성격, 행동 등에 나타나는 잘못된 점이나 비웃음거리가 될 만한 것들.

사람은 다름 아닌 로마 황제의 부인 황후였습니다. 황후는 랍비가 어떤 사람인지 궁금했습니다. 학식이 높고 지혜로운 랍비들을 여럿 만났지만 크게 감동한 적은 없었지요.

랍비는 며칠 뒤 황후를 만나기 위해 궁궐에 갔습니다. 궁궐은 그야말로 호화로웠지요.

"황후마마, 유대의 랍비 선생이 도착했습니다."

신하가 랍비를 황후 앞으로 데리고 갔습니다. 그런데 랍비를 가까이에서 본 황후는 놀라움을 금치 못했습니다. 못생겨도 너무 못생겨서 할 말을 잃어버릴 정도였거든요.

"……."

황후는 또 다른 신하를 불러 포도주를 가져오게 했습니다. 그러고는 랍비와 포도주를 나눠 마셨습니다. 그리고 시간이 흐른 뒤, 황후가 자신의 속내를 훤히 드러내 보이는 말을 했습니다.

"선생의 이야기를 듣고 보니 정말 훌륭하군요. 그런데 그 소중한 지혜가 못생긴 그릇에 담겨 있어 안타깝군요. 호호!"

그러자 랍비가 웃으며 대답했습니다.

"허허, 못생겨서 죄송합니다. 그런데 황후 마마, 여쭙고 싶은 것이 있습니다."

"무엇이지요?"

"로마에서는 포도주를 담글 때 어떤 통에 담는지요."

"그야, 나무통이지요."

"오, 나무통이라……, 여기 궁궐에는 금 그릇과 은그릇이 많지 않습니까? 황제와 황후마마께서 드시는 포도주를 보잘것없는 나무통에 담는 것은 좀 아닌 것 같습니다."

"듣고 보니 그렇군요."

랍비가 돌아간 뒤 황후는 모든 포도주를 나무통이 아닌 금과 은으로 만든 통에 옮겨 담았습니다. 이 사실을 전혀 모르고 있던 황제가 어느 날 포도주를 한 모금 마시고는 깜짝 놀랐습니다.

"아니, 포도주 맛이 왜 변했지?"

황제는 무서운 얼굴로 신하들을 향해 말했습니다. 하지만 신하들은 고개만 숙일 뿐 아무도 대답하지 않았습니다.

"그럼 황후는 포도주 맛이 변한 사실을 알고 있는가?"

다시 황제가 말했습니다.

그제야 얼굴색이 하얗게 질린 황후가 포도주 통을 바꿨다는 이야기를 했습니다. 물론 랍비가 시켜 그렇게 했다는 말도 같이요. 황제는 곧 랍비를 불러서는 이유를 물었습니다.

"그대는 분명 나무통이 아닌 금과 은으로 만든 통에 포도주를 보관하면 맛이 변한다는 사실을 알고 있다. 그런데 왜 통을 바꾸라는 말을 했지?"

랍비는 황후를 한 번 쳐다보고는 대답했습니다.

"저는 황후님께 알려드리고 싶었습니다. 때론 훌륭한 것도 보잘것없는 그릇에 담아 두는 게 좋을 때가 있다는 것을요."

랍비가 이야기를 끝내자 황후는 한참 동안 고개를 들지 못했습니다.

책 속 이야기 확인하기

1 황후는 왜 랍비를 비웃었을까요?

....

....

2 랍비가 황후에게 포도주 담는 통을 바꾸라고 말한 까닭은 무엇 때문
이었을까요?

....

....

3 사람의 겉모습만 보고 그 사람을 판단하는 것은 잘못된 행동입니다.
그래서 우리는 앞으로도 황후와 같은 행동을 해서는 안 되는데요. 왜
그래야 하는지 내 생각을 자유롭게 써 보세요.

....

....

탈무드와 함께 한 유대인, 래리 페이지

구석기 때 사용되었던 주먹도끼는 그야말로 만능도구였는데요. 주먹도끼만큼 유용한 물건이 현재 우리가 사용하고 있는 스마트폰입니다.

친구들은 스마트폰을 주로 어떻게 사용하고 있나요? 스마트폰은 이제 전화통화 만을 하는 기기가 아닌 인터넷을 통한 새로운 정보를 공유할 수 있는 기기가 되었습니다.

그래서 말인데요, 미국의 인터넷 검색 엔진회사인 구글(Google)을 알고 있나요? 구글은 래리 페이지와 친구인 세르게이 브린이 1998년에 세운 회사입니다. 구글은 정말 셀 수 없을 만큼의 많은 기능이 있습니다. 문서와 이미지를 찾는 것부터 시작해서 메일과 지도, 웹 프로그램, 비디오 함께 보기 등 너무도 다양한 기능이 있지요. 또 많은 사람이 즐겨 찾는 유튜브(You Tube) 역시 구글을 통해 볼 수 있답니다.

* **기기**: 기구·기계 따위를 말함.

과한 욕심은
화를 부른다

- 여우와 늑대

배고픈 여우 한 마리가 혼자 작은 고기조각을 먹고 있었습니다. 오랜 시간 굶주렸기에 너무도 맛있었지요.

그런데 지나가던 덩치 큰 늑대가 여우를 발견했습니다. 여우는 늑대가 다가오는 줄도 모르고 있었지요. 늑대는 작은 여우 곁으로 쓱 다가가서는 여우가 먹던 고기를 가로채려 했습니다.

"내놔, 이 고깃덩이는 내 거야!"

여우도 가만있지 않았습니다. 재빨리 몸을 뒤로 빼며 고기를 움켜쥐었지요. 힘들게 얻은 고기조각이었기에 쉽게 빼앗겨서는 안 됐지요.

126

"안 돼, 나도 며칠 굶었기 때문에 먹어야 해."

늑대는 여우의 애원에도 불구하고 물러서지 않았습니다.

"좋은 말을 할 때 줘! 네 다리를 확 물어뜯기 전에……."

"봐, 이 고깃덩어리는 너무 작아 너한테는 한 입도 안 돼. 이걸 먹어도 배가 부르지 않을 것이 분명해."

"말이 많은 여우군!"

"그래서 말인데……, 이 고깃덩이 말고 다른 맛난 것을 줄게."

"그게 뭐지?"

"나를 따라와."

여우는 고깃덩이를 조심스레 숨기고는 늑대와 함께 우물가로 갔습니다. 밤이었지만 커다란 보름달이 떠 있어 우물가는 환했지요.

"늑대야, 우물 안을 봐. 커다랗고 맛좋게 생긴 노란 치즈가 보이지?"

여우의 말에 늑대는 목이 빠져라, 우물 안을 내려다보았습니다. 과연 우물 안에는 커다란 치즈 아니 보름달이 물속에 찰랑거리고 있었지요.

"늑대야, 같이 내려가서 치즈를 건져오자. 내가 도와줄 수 있어."

여우는 우물 옆에 놓인 커
다란 두레박 두 개를 가져왔
습니다. 두레박 두 개는 밧줄 양
쪽에 묶여 있었지요. 여우는 밧
줄에 묶인 두레박 두 개를 도르래
에 연결하면서 말했습니다.

"두레박 두 개에 나눠 타는 거야. 너는 덩치가 크니
괜찮지만 나는 이 돌덩이를 가지고 탈게."

늑대는 여우의 말에 냉큼 두레박에 올라탔습니다.
어서 빨리 커다란 치즈를 먹고 싶었지요. 물론 여우도
늑대를 한 번 보고는 커다란 돌을 안
고 두레박에 올라탔습니다.

"자, 이제 내려가기만 해!"

"알았어!"

여우의 말에 늑대는 힘차게 고개를
끄덕였습니다. 그런데 갑자기 여우가 두레
박 안에 있던 커다란 돌을 우물 밖으로 내던

졌습니다. 순간 여우가 탄 두레박은 위로 올라갔고, 늑대가 탄 두레박은 우물 바닥으로 떨어졌습니다.

"이 욕심쟁이 늑대야! 남의 것을 탐한 죄다!"

"아! 살려 줘!"

우물 안에는 여우의 외침과 함께 늑대의 울부짖음이 밤새 메아리쳤습니다.

책 속 이야기 확인하기

1 여우가 늑대를 우물가로 데려간 이유는 무엇 때문일까요?

2 늑대는 어떻게 우물 속으로 들어가게 되었나요?

3 욕심을 부려서 어려운 일을 겪게 된 적이 있었나요? 아니면 주변에서 그런 일을 본 적이 있나요? 있었다면 그때 일을 떠올려보며 자유롭게 써 보세요.

※ 글을 한 번에 잘 쓸 수 없답니다. 그러면 어떻게 해야 할까요? 욕심을 부리지 말고 계획을 세워 보세요. 하루에 5장 이상 책 읽기, '하루에 5줄 이상 글쓰기.' 이런 식으로 매일 실천하다 보면 멋진 글을 쓸 수 있답니다.

혼자가 아닌
더불어 사는 세상

- 미리 준비한 등불

　깊은 밤, 한 사나이가 산길을 걸어가고 있었습니다. 사나이는 친구 집을 찾아가는 중이었지요. 바람 한 점 없는 조용한 산길이었습니다. 가끔 멀리서 나뭇잎이 바람에 흔들리는 소리만 들렸지요.

　"생각보다 일찍 어두워졌군. 친구가 많이 기다리겠어."

　사나이는 조금 일찍 출발하지 않은 것을 후회하며 조심조심 걸었습니다. 등불을 가지고 있지 않아 넘어질 수 있었거든요.

　얼마쯤 걸었을까요, 산길을 내려와 평평한 길을 천천히 걷고 있는데 등불을 든 한 남자가 보였습니다. 등불을 든 남자는 조심스럽게 걷고 있었습니다.

'앞이 잘 안 보이나?'

사나이는 고개를 갸웃거리며 생각했습니다. 등불 덕에 사나이는 길이 훤히 보였는데 정작 등불을 들고 있는 남자는 힘겹게 걷고 있었기 때문이지요.

"안녕하세요!"

사나이가 먼저 인사를 하며 등불을 든 남자의 **행색***을 조심스럽게 살폈습니다.

"네, 안녕하세요!"

* **행색**: 겉으로 드러나는 차림이나 태도.

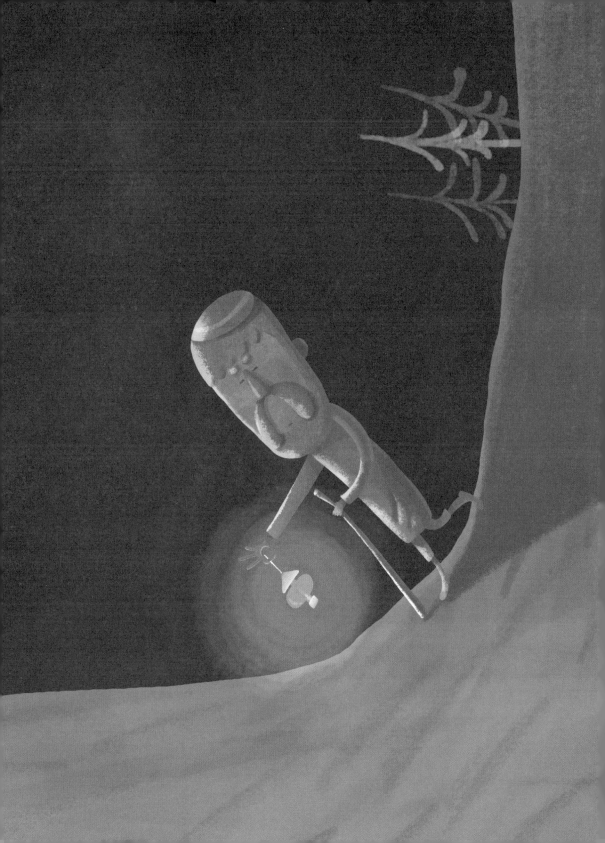

등불을 든 남자도 인사를 했습니다. 이제 두 사람은 길 가운데 마주 보고 있었지요. 그러고 보니, 등불을 들고 있는 남자의 눈이 보통 사람들 눈과는 달랐습니다.

"눈이 잘 보이지 않는 모양입니다."

"네, 보다시피 저는 시각장애인입니다."

사나이는 깜짝 놀랐습니다. 깊은 밤에 혼자 걷고 있는 것도 위험스러웠지만 등불을 들고 있어서요.

"실례가 되지 않는다면 여쭙겠습니다. 눈이 보이지 않는다고 하셨는데 굳이 등불을 들고 가시는 이유는 무엇입니까?"

사나이의 물음에 등불을 든 남자는 빙그레 웃으며 말했습니다.

"보고 계신 등불은 저를 위해 든 것이 아닙니다. 그리고 여쭤보셔서 말씀드리지요. 이 등불은 선생님처럼 눈이 잘 보이는 분들을 위해 들고 다닙니다."

사나이는 남자의 대답을 들었지만 이해가 되지 않았습니다.

"선생님이 들고 가시는 등불이 저처럼 잘 보는 사람들을 위한 것이라고요?"

시각장애인은 고개를 끄덕였습니다. 그러고는 다시 말을 이었습니다.

"만약 저 혼자 어두운 길을 등불도 없이 혼자 걷고 있으면 사람들은 제가 시각장애인인지 모를 것입니다. 그러면 제가 발이 미끄러져 강에 빠지거나 산골짜기에서 떨어져도 사람들은 저를 구해줄 수 없겠지요."

시각장애인의 말에 사나이는 말없이 고개를 끄덕였습니다.

"하지만 등불을 들고 있는 저를 본다면 '이 사람이 괜찮은가.' 하면서 제 안전을 살펴보겠지요. 그리고 저는 등불을 밝힘으로써 사람들에게 앞이 보이지 않는 시각장애인이 걷고 있으니 조심하라는 신호를 보낼 수도 있답니다."

시각장애인의 말을 다 들은 사나이는 그의 지혜에 감탄하였습니다. 시각장애인은 자신이 처한 **역경***을 지혜롭게 헤쳐 나가고 있었기 때문이지요.

* **역경**: 일이 뜻대로 되지 않는 불행한 처지나 환경.

책 속 이야기 확인하기

1 시각장애인이 등불을 들고 밤길을 걸었던 이유는 무엇 때문이었나요?

2 내가 만약 시각장애인이라면 어떤 방법으로 밤길을 걸을까요? 자유롭게 상상하며 써 보세요.

※ 눈에 보이지는 않지만 나이는 몇 살인지, 어떤 옷을 입고 있는지, 어떤 일로 밤길을 걷는지를 생각하며 써 보는 것도 좋아요. 마치 눈에 보이듯 상상하며 글을 쓰면 글이 훨씬 풍성해지거든요.

G